BASHEZHE ZHIGE

跋涉者之歌

诗歌选集

风雨飘来瞬息停
云雾山中通幽径
湖光山色诗文好
杉树翠碧草更青

丰 蕴 ◎ 著

中国书籍出版社
China Book Press

图书在版编目（CIP）数据

跋涉者之歌：诗歌选集/丰蕴著. —北京：中国书籍出版社，2020.6
ISBN 978-7-5068-7852-4

Ⅰ.①跋… Ⅱ.①丰… Ⅲ.①诗集—中国—当代 Ⅳ.①I227

中国版本图书馆 CIP 数据核字（2020）第 084324 号

跋涉者之歌：诗歌选集

丰蕴 著

责任编辑	李小蒙　逯 薇
责任印制	孙马飞　马 芝
封面设计	中联华文
出版发行	中国书籍出版社
地　　址	北京市丰台区三路居路 97 号（邮编：100073）
电　　话	（010）52257143（总编室）　（010）52257140（发行部）
电子邮箱	eo@chinabp.com.cn
经　　销	全国新华书店
印　　刷	三河市华东印刷有限公司
开　　本	710 毫米×1000 毫米　1/16
字　　数	217 千字
印　　张	19.5
版　　次	2020 年 6 月第 1 版　2020 年 6 月第 1 次印刷
书　　号	ISBN 978-7-5068-7852-4
定　　价	75.00 元

版权所有　翻印必究

目　录
CONTENTS

序 ·· 1

第一部　冬之缘

第一章　跋涉者之歌 ···································· 3
　　跋涉者之歌 ······································· 5
　　七律・怀旧有感 ································ 11
　　我的家乡　我的右玉 ························ 13
　　绿洲在言说 ····································· 22
　　塞上右玉　我的香格里拉 ·················· 35

第二章　记录者情怀 ·································· 37
　　读敬民同志《凡音之起》有感 ············ 38
　　你,还在冲锋 ···································· 39
　　更加丰蕴 ·· 42
　　七律・感念恩卿 ······························· 43
　　念友人 ··· 44
　　致・王俊石 ····································· 45

小平,新年好 ·················· 46
　　忆旧事　贺新颜 ················ 47
　　贺·亚林兄弟荣调 ················ 49
　　远逝的历史　忠实的歌唱 ············ 50
　　快车人记忆 ·················· 51
　第三章　青春的变奏与感叹 ············ 58
　　裂　变 ···················· 59
　　囝 ······················ 66
　　拥有一个真诚 ················· 67
　　菜鸟之骄傲 ·················· 69

第二部　春之声

　第一章　春天的序曲 ················ 73
　　春天的序曲 ·················· 74
　　英雄辈出的土地 ················ 78
　　年轻的城 ··················· 82
　　走近老区 ··················· 86
　第二章　可爱的山西 ················ 90
　　可爱的山西 ·················· 91
　　山西好情怀 ·················· 96
　第三章　拥抱青春未来 ··············· 98
　　拥抱青春未来 ················· 99
　　青春是一团火 ················· 102
　　我期待,用创造的光彩 ············· 105
　　青春的聚会(组诗) ··············· 110
　　山西青联之歌 ················· 114

第四章　春天的宣言 ·············· 116
　　从桃园到龙湾 ·············· 117
　　兄弟,你一天也没有离开过我 ·············· 119
　　致敬,向海的那边 ·············· 121
　　火红的旅程 ·············· 124
　　创益之歌 ·············· 126
　　筑梦,在城的东方 ·············· 131
　　护路队员 ·············· 137

第五章　春天的思念 ·············· 141
　　春天的雪花 ·············· 142
　　母亲的诗 ·············· 144
　　母亲的围脖 ·············· 145
　　纵然是一次的相见 ·············· 147
　　我的前辈　我的父兄 ·············· 149
　　我们的清明 ·············· 152
　　想　妈 ·············· 153
　　故宅小院 ·············· 155

第三部　夏之韵

第一章　美丽家园 ·············· 159
　　美丽的西山 ·············· 160
　　纵情西边山 ·············· 164
　　雁妮和雁戈的故事 ·············· 167
　　情系河山 ·············· 171
　　登庐山 ·············· 174

第二章　青联,有我的爱 ·············· 176

相　信 ·· 177
　　歌从黄河来 ··· 178
　　古风晋韵 ·· 182
　　万物生 ··· 186
　　新编《康衢谣》 ····································· 187
第三章　青春笔记 ······································ 188
　　漳村人印象 ··· 189
　　那一天 ··· 194
　　家门口的医院 ······································ 199
　　教育的诗篇 ··· 203
　　忠　诚 ··· 208
　　太行山的儿子 ······································ 213
　　人生的路越走越宽 ································ 215
　　蜀道难 ··· 216
　　十月的爱 ·· 217

第四部　秋之歌

第一章　致青春 ·· 225
　　季节的守望与畅想 ································ 226
　　青春校园 ·· 232
第二章　青春作证 ······································ 234
　　走进青春警院 ······································ 235
　　走进"洪达" ·· 240
　　走进"同至人" ····································· 243
　　我敬仰,像你这样的英雄 ························· 246
第三章　希望组歌 ······································ 248

我的名字叫希望	249
致同行者	255
同行者（续篇）	260
青春形象	265

第四章　爱在深秋 266
深南之恋	267
中国，世界的月亮	269
第二课	271
女孩的歌唱	273
采育行	275
幸福花	276

第五章　写我心 277
夕阳情结	278
五十九岁的人生	279
六十感喟	281
水　手	282
母亲的微笑	284

精神家园（代后记） 290

序
——给需要诗歌的人们

年轻的时候就喜欢诗歌,虽然读得不多,但好的作品还是会记下来,或诵读或模仿。诗有词牌,曲有旋律,古时就有"读诗成曲"之说。小时候家里日子虽艰辛,但一直保留着"留声机"和许多唱片,无论中外作者还是歌者,好的旋律至今都在耳边。

活过了一个甲子,写过的诗歌居然有数百首。把它们集结起来就可以叫作"诗集",不说招摇过市,至少了结了心头一桩事。散文集、长短篇小说、报告文学集和长篇纪实文学已然出版,还没有一部诗集问世。一提到诗集心中不免有些底虚,就想请名望高的诗人或评论家为之作序,以壮声威。应该说,文化艺术界的名师大咖认识不少,正如作家张平在长篇小说《闲人》之序篇《商人、总编、作家——我所认识的丰小平》中所云:"他的朋友遍四海,且个个都愿意为他两肋插刀……"是真心赞许,也是呵护佐证。言外之意:若是开口请人作序,诸多仁兄贤弟都肯帮忙。

说这话时,眼前果真浮现出他们可亲可敬的面容和直率话语,当然,还有过往岁月里与之交往的难忘旧事。这一点,我一直引以为荣。

请人作过序,也为人写过序。于我来说这把年纪了,又明知时间如金,生命可贵。"开口"真不是件容易的事,就这也少不了劳烦编者们费心。

急急将那些不像样的或"不合时宜"的作品割爱收起,其余属于自己要写的东西不算太多，而应约应急的创作，也是自己爱做的事情不少，因为值得去做。至于说这些文稿是不是诗歌？这样带了些许背景说明的排列组合方式，能不能叫作诗集？却是我一度纠结的事，或只是执拗地、一味地为了"能看好读"吧——如此说来，这些纠结与顾虑也只好抛在脑后了。

　　文中已然声明过了，本集收入的作品是写给那些需要和喜欢诗歌的人们——世界以"痛"予我，我要报之以歌；无论风雨坎坷，用爱感谢生活。

作　者
2019 年夏日

第一部 01

冬之缘

曾袭来狂舞的雪,曾吹来肆虐的风,风雪杀戮后的原野,并非是一片凄清:风,割不断生命;雪扑不灭歌声。那条蹒跚的足迹,印下了走向春天的历程……

——汪国真

第一章

跋涉者之歌

将《跋涉者之歌》作为这部诗歌选的书名,又置于首篇,本没有更多的考虑,只是写这篇作品的时候正值北国的冬天,就觉得作品的指向和内容又与季节相关——"要是冬天已经来了,春日怎能遥远?"作者当时的处境和心情竟然与诗人雪莱《西风颂》第五节中的诗意,有着那样多的巧合与默契。

> 把我当作你的竖琴吧,有如树林:
> 尽管我的叶落了,那有什么关系!
> 你巨大的合奏所振起的音乐
> 将染有树林和我的深邃的秋意:
> 虽忧伤而甜蜜。
> 呵,但愿你给予我
> 狂暴的精神!
> 奋勇者呵,
> 让我们合一!
> ……

2003年冬天,已经赋闲在家的我接到山西青年报社宝兰同志的电话，说有一个活动请我参加："红马甲"报业公司三周岁了，青年报自办发行也已经六周年……

放下电话，思绪万千。那些年轻的编辑记者、年轻的广告发行人，还有后续加盟的、更为年轻的待业和"下岗失业"的姑娘、小伙儿——可爱的"红马甲"人。他们青春的身影、熟悉的面容就浮现在眼前。我为他们高兴，也为这个事业的不断发展壮大而备受鼓舞。于是，在漫天大雪不能成眠的夜里，将他们的精神、他们的勇气、他们的作为、他们的理想融合在一起，写下了《跋涉者之歌》这样的诗行。

那晚天阴着，夜空里有雪花飘落。写罢最后一行诗句，天色已经蒙蒙见亮。反复看了，就觉得要有一位专业的朗读者在大会现场为大家激情诵读、鼓劲壮行才好……这样想着，还真就变成了现实：李桂琴——山西演播艺术第一人，冒着大雪赶来了……

只能说——上天的安排总是最好的。

长诗《跋涉者之歌》在《山西青年报》全文刊载。日后，也成为这群青年创业者为自己火红的事业所编著的、纪实文学《草根》的序诗。

跋涉者之歌
——青年报自办发行纪事

第一部 冬之缘

一

我不能说

我就是拓荒者

我只是用心用力在天地间跋涉

我不能说

我就是创业者

我只是少一点享受 多一点执着

东方日出 西天日落

我重复着一天的劳作

一遍又一遍唱着卖报的歌

卖报来哟 卖报

——山西青年报

今天新闻好 今天大事多

二

脚下打了血泡 汗水滴在前额

读者脸上那一瞬间的笑意

会久驻我期盼的心窝

那一年好大一场雪
把我们与读者阻隔
送报车被延误 发行员摔伤了胳膊

可是几部读者投诉电话
却静悄悄的甘愿寂寞
偶尔打进的电话
却说——

雪天路滑 别急着送报 好好歇着
值班员握着话筒不知该说什么
一任眼泪无声地在腮边滴落

三

我不能说我就是进取者
因为有一种力量催我们前行
有一种关爱就在身边 给我们鞭策

我不能说我就是成功者
我只是将卖报的歌
溶进了城镇乡村
每一个角落

有人说 从邮局代办到红马甲自办发行
真正跨入了中国主流报业之前列

是一个了不起的飞跃 突破

说实话 心里也偷着乐过
但这样的愉悦 轻松
只是在瞬间片刻

四

我知道
我不过是洋洋报海中的
浪花一朵

是理想 是求索 又何尝不是为了生活
为生活奔波 难道就没有助人为乐
是良知友爱 更有一份社会公德

于是
我更想对你说
我的受众 我的读者——
服务是我的职责
团队是我的寄托
奉献是我的乐趣
拼博是我的性格

五

我不能说
我就是优胜者
只是在同陈腐观念的战斗中

奋不顾身 勇往直前 没有退缩
——
向全社会公开发行印数
结束了一段媒体"遮羞"的历史
证明了青年报人应有的诚信和胆魄
"先尝后买"上门订报
开启了山西报业之先河
订阅山西青年报
享受红马甲超值服务
惊动了首都报界的前辈先哲

六

SRAS挡不住我们的脚步
死神也没能把我们封锁
数万元捐助和小小倡议都微不足道
泱泱大国 区区小社
杯水车薪 助澜推波
国难当头 匹夫有责
——
可贵的是在全省乃至全国发出倡议
他们是最早的一个
为当代最可爱的人 白衣战士
送去春光一抹
这是红马甲人发自肺腑的声援
这是青年报人力所能及的光热
摸着石头过河
躬下身子爬坡

蓦然回首，心里才充满着欢乐

七

祖国啊祖国 我是你催开的小花一朵
扎根于破岩 却也拥有着广博
是市场 是压力 也是机遇
锻造出我们坚韧不拔
炽烈如火的性格

祖国啊祖国
我是你改革路上的一驾战车
沿着你平坦的路基
也攀援着 走过你荒凉的额

三年前，红马甲
不，也是六年的自办发行
那一群叫作待业、下岗的年轻人
在这里集合
高举着创业的旗帜
开始了新闻路的跋涉
谁说他们是弱势之群体
你瞧，红旗漫卷的征途上
他们正奏响青春生命的壮歌——
用弱者的强音
报效我亲爱的祖国

八

祖国啊祖国

我是你倍加关爱的
姑娘小伙儿
——

以年轻的名义
以拓荒的名义
以创业的名义
沐浴了你太多春光的我
也该为你献上金秋的硕果
——

祖国啊祖国
这是我唱给你的歌
一支卖报的歌
一支心中的歌
一支奋斗的歌
这是跋涉者的歌啊
献给你我亲爱的祖国

2003 年 12 月

七律·怀旧有感

故园二十八年前
劈柴烧火把油炼
工友手足情质朴
自食其力苦也甜

山青水碧不流连
思家想母在夜半
怀揣工薪归心切
亲人团聚喜空前

重游故地交百感
青丝已作两鬓斑
征战也曾获锦归
只叹旧人不再还

世事难公名利淡
天道酬勤心始然
唯有忧患性难改
无悔无怨志如磐

1999 年 4 月 20 日

【创作背景】

　　不会写诗，但很早的时候就喜欢读诗。喜欢各种体例诗歌的文字排列形式和那一如火光般跃动着的品质精神。从那时起，凡被身边一些感人的事件和人物触动，就习惯了拿起笔试着去写。

　　母亲是我的第一位读者，纵然有些"诗作"很笨拙、很拗口，但母亲都会认真地读。有时读着就乐了，有时读着就流出了眼泪……

　　1999年4月9日参加团省委中心理论学习组，于上兰村机械学院（今中北大学）封闭学习。这里是我当建筑工人开始自食其力的地方。故园重逢，感慨良多。这首小诗写于我整整工作了28年的这一天。

我的家乡　我的右玉

"右玉精神体现的是全心全意为人民服务,是迎难而上、艰苦奋斗,是久久为功、利在长远。"

——习近平

序

有一首古老的民歌
我还记得起歌词的大意
"张老三,我问你,你的家乡在哪里?"
"我的家在山西——过河还有三百里……"

塞外的风吹开了尘封的记忆
——不管向哪个方向吹
当初哟最难启齿的
莫过于说出
我的家乡
在右玉

边陲的风舒畅着我的思绪
——无论哪个季节还是南北东西
如今哟最乐意开口讲的是谈到右玉
我的家乡
我的故里

一

这是一位老人的真情言说
这是往昔和今朝的对比
这是老百姓发自肺腑的
从悲到喜的感叹
这是共产党人
最为甘美的
慰藉

五十多年埋头一件事
十七任县委政府矢志不移
种树种树种树——
抵御风沙营造生态发展经济
一件事让老百姓看到了生存的希望
一件事让十万民众懂得了干部和群众的
鱼水关系！

这是一支绵长又充满悲情的壮歌
从序曲开篇吟唱了整整半个世纪
这是边塞城堡的响彻云天的鼓乐号角
这是西口古道上"人定胜天"不屈的泪水汗滴
——
这是一面可以在阵地上被风沙撕得粉碎
但永不褪色的战旗……

二

在如今的生活里

人们触景遇事都要问个为什么
不然就满心的狐疑

纵然你踏上了这片广袤的土地
纵然你听说了已然被誉为
"塞上绿洲"的传说和
"人定胜天"的奇迹
……
可还是隐忍不住要问：
只有种树吗？非得种树吗？
只有植树造林——
才能叫这古老的土地抵御风沙不再贫瘠?!

亲爱的同志啊——
我执着又智慧的姐妹兄弟
我只能如实地告诉你
不叫山川大地披上绿色的外衣
哪就有了我们的存活空间栖身之地？

三

让时空的长河在久远处骤然定格
让岁月的沧桑也随我们回归到古城边地
——
金戈铁马浩然英气
巍然屹立的杀虎关口啊
你依然晾露着累累弹洞斑斑血迹
车水马龙熙熙攘攘

沧桑坦荡的西口古道哟
你仍旧浸透着行行泪水点点汗滴

经年战乱天灾人祸
也一起被《朔平府志》印忆
山头无毛河水断流寸草不生……
三丈多高的城墙也被风沙掩埋夷为平地

天没黑就得捻亮油灯
天不亮沙土就已将屋门牢牢封起
苍头河边是汉子们嘶哑的呐喊
长城脚下是女人和孩子无助的哭泣
……
对土地生态来说
人为的战乱自然的灾害都是掠夺
对人类生灵而言
则锤炼了强健的体魄抗争的能力神勇的血气
挡住风沙——
甚至可以先放下糊口的生计
种上树木——
没有别样选择更不需豪言壮语
要紧的是先给山坡沟壑
筑起挡风的"长城"
拦沙的屏蔽

四

战场上硝烟还未褪尽的战士

放下枪杆的大手又将耕种的锄头举起
风沙来时，昏天黑地昼夜颠倒
端起碗来，一碗莜面半碗沙的时日光景
哪有什么名利可图又有谁还顾得讲什么政绩？
在这新的战场上呵
干部就只是个领头的标记
因为从脱下军装的那一刻起
他们就是"右玉人"了——
就跟父老乡亲一样经受着风沙的洗礼
从此开始了历时58年的新的长征的接力

三战黄沙洼
河边种沙棘
引水上高山
青草铺坡地
老县长徒步勘查风口地
新书记把握方向拿主意
军人退伍打前战
媳妇随夫归故里
经营者放弃高薪厚禄回村包荒地
有心人因地制宜建起水库养了鱼

五

那一年——
山洪暴发风雨急，责任人纵身跳入洪流里
为集体财产免流失血肉之躯见大义
那一年——

经费不足，干部带头烧窑脱砖坯
"杀虎口"雄风精神再崛起
那一年——
为生态绿化修"南山"
党员抵屋又押地
……

不须再翻阅往昔的记载
也不要"闻听"外面的消息
"卧羊山"明朗的晨曦会告诉你
"苍头河"清澈的流水会为你传递
——
一代又一代接力的共产党人和十万民众一起
生生不息舍身忘己前仆后继
在家乡右玉的"不毛之地"
创造了"塞上绿洲"的
奇迹！

六

总结右玉精神实在不容易
若换个角度其实也没啥了不起：
"右玉要想富，必须风沙住"
"要让风沙住——必须多栽树"
"哪里有风哪里栽，先把风沙锁起来"
"哪里有空哪里栽，再把窟窿缝隙补起来"
……
无非是从无奈开始
到本能之抵御抗争自立

再从本能的意识和实践出发
派生　沿革延展成宝贵的经验理念
和朴素的唯物主义……
可贵的是——
右玉人咬定这穷山恶水的"青山"任尔说东道西
不信神鬼也从不牵就游移
——
深深扎下的是中华的情怀魂魄
高高托起的是民族的智慧和勇气

七

接力大军中的后来人啊
为前人的精神所激励
除了感念与传承
前行的脚步一刻也没有停息
整合资源利用绿地
生态能源重拳出击
站在巨人肩上的又一代领头人啊
得以更科学地拼搏
更从容地设计

在新的创业征途上
他们欣喜地发现——
过去那一步一个脚印的努力
正与党中央的战略保持了一致的持续
正跟国际化大生态贸易的循环接轨
潜在的底蕴中蓦然间升腾出又一个

质朴又是必然的希冀

八

外国专家说——
经过考察这里是一个不适宜人类居住的地方
建议尽快迁移
……
大国总理说——
像这样的"老少边穷"地区
就是要走这样的路子"生态畜牧经济"

书记和省长说——
右玉几十年植树造林绿化山河的实践
为全省乃至全国生态建设提供了有益的启迪

县委书记说——右玉五十多年的绿化创业史
启迪我们艰苦奋斗与时俱进开拓进取
建设富而美的新右玉

县长说——我们的存在,是要让人民群众
切实感到平安快乐过上幸福生活

老百姓说——我们的生活真的一年更比一年美!

一个全国生态绿化推进会正开在右玉
会上异口同声喊出了一个主题:
前仆后继搞绿化——

不信春风唤不回!

尾 声

这是作者摘录的几段不同角度
内涵也不尽相同的概念定义
但有一点惊人的统一
他们都在关心关注着右玉
都是发自内心的真实而滚烫的话语!
在时下这个浮躁又火红的年代
有什么比真实更具有魅力
也更叫人震撼、欢喜?!

我不想说今天的右玉
冬如白玉夏如翡翠
也不再想以更多的辞藻对她赞美
今天与昨日相比——
这里已然是改变了容颜的真实的右玉
啊——
我的家乡我的右玉!

初稿2007年4月17日于右玉玉林苑
二稿2007年4月22日于太原工作室

绿洲在言说

序　诗

与季节无关
我只能说，这也是一种缘
诗人舒婷仿佛也来过这里，目睹了
遮天蔽日的狂风、黄沙与千军万马的苦战
于是才写下这不朽的诗篇：
"不是一切大树，都被风暴折断；
不是一切种子，都找不到生根的土壤……
不、不是一切都像你说的那样！
希望，而且为它斗争，请把这一切放在你的肩上。"
……
其实不需要来过，也不必亲眼所见
人类一切奋斗都是由困境发端
再用了勤劳智慧的双手
去改变脚下的土地
创造美好的明天

一

你来了，是为了这漫山遍野葱翠的绿色
不是要寻找"西口古道"依稀的车辙
你来了，"塞上绿洲"的奇迹
已将那旧日的苍凉淹没

……

你来了，是为了这儿清新秀丽的山河
不是要寻觅"杀虎口"的沧桑与岁月的蹉跎
因为"冬如白玉""夏似翡翠"的妙曼已托举起
低碳经济生态环保的城郭

……

同志啊——你来了
面对着发生了巨变的家园和满目新绿的山冈
你可曾想到，六十年前这里的模样？
"风起黄沙扬，雨落洪成灾"
经年累月的沙土淹没了
古老的城墙……

朋友啊——你来了
面对着已然清澈如泉的河水和那满坡的牛羊
你可曾记得"男人走口外，女人挖野菜"的凄惶？
"绿了荒山坡，白了少年头"是右玉人牢记于心底的
奋争的足迹生命的备忘
也都是因为啊——
他们把这一切都
放在了肩上

二

不会忘记——
老县长古道上徒步调研的身影
新书记窑洞里通宵亮着的油灯
"右玉要想富，必须风沙住；要想风沙住，就得多栽树"
右玉人就是在这样直白的道理引领下

第一部 冬之缘

不断抗争奋勇前行……

不能忘记——

三战黄沙洼筑起防风墙

青草铺坡地引水上山冈

……

从此啊——

祖国北部疆土一个叫作"右玉"的地方

开始了长达半个多世纪生生不息的植树造林运动

从此啊——

十八任县委和政府的领头人带领十万民众

在这片贫瘠的土地上，向前向前向前——认准一个方向

绿洲在言说——

言说着右玉的传奇和人民的坚强

绿洲在言说——

言说着昨天的故事和明天的希望

三、余晓兰的故事

一

你是谁家的女子？

细皮嫩肉长得让人欢喜

从四季如春的云南嫁到晋北这不毛之地

你以你柔弱的身躯和坚韧的毅力包下荒山

从无边的阴霾和困顿中起步创造出绿州的奇迹

……

南国来的女子哪就见过塞上的冬季

狂风卷了黄沙打得脸蛋生疼
粪便冻得使大锤砸
都砸不起……
为了爱情为了事业也为了生计
小两口种过蘑菇卖过猪肉
待有了退耕还林政策
又包下荒山治理
……
十年、二十年就这样过去
晓兰啊——
我们该怎样形容你的煎熬你的磨砺？
一朵小花一束弱柳
就这样在他乡异域挺立
坚韧不拔地扎下了深深的根须

二

那一年，丈夫上山种树扭伤了腰顶不住了歇在家里
你就带上干粮顶着烈日和风沙往山上挑水
每天浇树要四十几担山上山下地往返
这样的苦重好男儿都得累趴下
可你却一个人挑起
……
人毕竟不是铁打的，更何况营养不良的血肉之躯！
超负荷的劳累，一百斤的体重骤降至七十几斤
终于有一天啊
你的顽强你的毅力
都在眼前一黑的刹那间崩溃

水桶扁担连同你瘦弱的躯体
一道从山顶滚落到沟地
你是遇到了躲不过去的灾难
丈夫在家卧床幼小的女儿哭着喊你
你几次挣扎着试着站立可你却再也站不起
……

晓兰啊
我们的英雄自从你来到这片贫瘠的土地
语言不通、衣食不济、水土不服，还有难以维持的生计
你都紧咬着牙关过来了呀——可这一回
……

晓兰啊，我们的好姐妹
千难万险都没有把你击倒
难道这一回你真的就挺不住站不起？
真的，是真的，对不起——我浑身都痛得钻心
真的，是真的——对不起，这一回我真的是"回天无力"！

三

晓兰拖着伤痛的身躯挥泪登上了南下的列车
列车就那样呼啸着远去、远去……
谁能知道此行会不会还有归期？
或许，或许就是永远的
永远的别离！
……

"走的时候还是圆圆的脸蛋儿，咋就瘦成个这样哩……"
老父亲不忍看你憔悴得几乎变形的模样别过头去
"快回咱云南吧，别再去那倒霉的山西！"

"右玉的穷山沟有啥牵着你?"
姐妹们也劝你回去,她们
为你的"遭遇"而
心痛地哭泣
……
在云南昆明——
一个月矛盾重重忐忑不安的日子很快过去
晓兰,你又遇上了有生以来
真正破解不了的难题:
留下来,娘家的亲人、友人无疑是皆大欢喜
可是孩子、丈夫——
还有浸透着晓兰血水与汗滴的
魂牵梦绕的一千多亩绿化的坡地……
回去吧——回去!
谁来说服家人
谁来给我一个理由
支撑我唯有的念想和希冀?

四

往后的日子晓兰茶饭不思、难以入睡
就在万般无奈之际
邮递员送来了震撼的消息——
晓兰晓兰你的信
来自山西……
"是谁还记得我,一个贫病交加的外乡女子?
关键时刻谁又能给我这么大的面子和鼓励?"
是县委和政府的慰问信

好像、好像还有
还有……慰问金
信——是大伙儿写给你的
钱——是有一个人当月的工资
晓兰心想，无论是谁
这个人我这一生都不会忘记
他——赵向东
就是我们山西，我们右玉的县委书记！

五

晓兰回来了，乡亲们奔走相告
晓兰回来了，山坡上已然绿了的树木也欢欣致意
有人说，你是为爱而来
你目光坚定地点头默许——
不仅仅是爱情还有乡亲们的牵挂
还有县委、政府在最困难时的鼓励和接济……
面对余晓兰坚定果敢的回答，我不禁想起
古人元好问的诗句
"问世间情为何物？直叫生死相许！"
作为党的全国代表大会、数届代表的余晓兰
正是以其青春生命的忠诚、胆识和作为
见证着——
真情右玉大爱山西！

四、右玉人的故事

一

乡亲们不会忘记

可是没有人愿意提起
年轻的乡党委副书记张一
你是在拉运树苗的夜里遭遇了车祸——
是车祸夺去了你年轻的生命啊我们的好书记
……
你走了——
装满了树苗的车子在等你
你走了——
一起出门的农友和乡亲们在等你
你走了——
白发苍苍的老人，还有爱妻和孩子在等你
你走了——
没有一声招呼
也没有跟谁说起——你去了哪里？

二

你为金牛庄群众移民解决了无数难题
乡亲们自愿凑钱要请你吃顿饭饭菜热了几回；
你帮病瘫的村民李进安排了子女入学还垫上了学费
他们一家还等着要报答你感谢你；
工作拉不开栓了你的搭档乡党委书记就习惯了吆喝你……
可急急地撩起门帘的手却又轻轻地放下——
你办公的地方没有了你的身影
除了默默立在墙角的
铁锹、农具
就是空空的四壁
……

"娃呀——张一，我们的好书记
看到咱村南坡的草青了，树绿了，就想起了你……"
你为双目失明的杨茂业老汉联系了"光明医疗救助"队
手术成功了眼睛睁开了
可他却永远地
再也看不到你

三

爸爸——
那一晚，我好像听到了那一声巨响
震彻山谷小溪
就是那个春天的夜晚你就再也没有回
再也见不到你！
爸爸，你没有走——
你是化作了天空的雨滴
无声地浸润着山坡上的新绿
你是融入了家乡的河流土地
细细品赏着守护着一天一个样的山区……
爸爸……想你，我还是想你
想你……

五、英雄们的故事

一

这是一条狼虫虎豹出没的荒山沟
这是一片升腾着田园气息的旅游湿地
当年，无止息的号叫着的风——

将黄沙卷起铺天盖地

如今，那来自林间无比温柔的花香鸟语

吸引着八方来客——

流连忘返不忍离去

这里的山坡沟壑山泉溪流连同野兔山鸡

都熟悉一个人的身影日出日落

他们相伴朝夕形影不离

人们自然也不会忘记

这个叫作王占峰的青年创造的奇迹——

把"石炮沟"的名字与"游玩圣地"连在了一起

二

谁能相信——

为包下这条沟他放弃了开旅店"日进千元"的生意

谁能相信——

这个二十八岁的青年每天一捧山泉水

几个干饼子用于解渴充饥

谁能想象——

一千多亩的山沟坡地

搬石垒堰除草开渠

居然是一个人的

所作所为……

三

媳妇搬回了娘家早早地离去

亲戚朋友也都不看好这营生劝他放弃

更有人说凉话：

要看看王占峰究竟有多大能耐?
"站着说话不腰疼"的"观望者"也开始讥笑和怀疑
二十八岁开始
又一个二十八年在山沟里苦苦奋争、努力
今年五十六岁的王占峰
用生命中最美好的时光谱写出
百折不挠的、无悔人生的壮歌心曲
用鸟飞鱼跃花红柳绿的庄园丰姿言说着
"人定胜天"的奇迹!

四

每一个英雄的背后
都有一段感人至深的故事
每一段故事的背后
都孕育着一方水土的风骨精气
熔铸着中华民族励精图治的蓝图画卷
凸显着优秀儿女建设家园的
钢梁铁脊!

五

退休干部韩祥说——
每当登高望远
那一片郁郁葱葱的草地、森林就在眼前
这是家乡父老用汗水浇灌的家园
这是干部们用心血书写的诗篇
……
我不禁问自己

右玉精神到底是什么？
现在想来，就是一个字：干！
右玉的共产党人和老百姓一起实干苦干
不遗余力砥砺前行地干——
创造了属于右玉人民的
美好明天！

尾声

面对着发生了巨变的家园和满目葱翠的山冈
眼前是清澈如泉的河水和那满坡的牛羊
我该怎样的歌颂你呀——
我可爱的右玉
我要把今天这一切都装在心里
把未来的一切视为己任
放在我的肩上
……
一个整整延续了一个甲子半个多世纪的故事
一个久久为功传诵在雁门内外
也声震着祖国长空的故事
可敬可爱的右玉人民
我该怎样为你歌唱？
为你祝福吧——绿洲在言说
祝福你右玉——雁门在歌唱……
祝愿你光荣的旗帜永远飘扬！

2010 年 8 月 5 日于铜锣湾

【创作背景】

　　一直以来潜在的意识里只想多一点看到——能让山西骄傲、能感动中国的人和事。以见证、以重塑、以刷新山西的干部、山西的人的真实形象！

　　作为山西人，此前，我却不了解"右玉"。真正想去右玉，又是那么的急迫——应该说，是来自友人令人振奋的信息言说和时任朔州市委书记的高建民同志及时坚定、高屋建瓴的指引，点燃了我心头如红花怒放般的火焰激情，成全了我这愚诚之人的梦想。2007年春，在县委书记赵向东、县长陈晓红关怀和支持下，在宣传部同志积极配合下，我六下右玉采访创作。这一年的年底，长篇报告文学《绿洲的言说——中国塞外生态建设报告》（中国青年出版社出版），使我受到深刻教育和极大鼓舞。

　　三年之后，又应山西卫视之约为大型综艺晚会，激情撰写了配乐诗朗诵《绿洲在言说》，是要献给在艰苦卓绝的环境里，创造了"塞上绿洲"奇迹的创业者、建设者和所有关怀扶持她的人们。

（歌词）

塞上右玉　我的香格里拉

苍头河水呀，哗啦啦
满目葱翠的，就是那"黄沙洼"
空中草原牛羊跑
沙棘红了呦红遍满山崖
啊——塞上绿洲
我的故乡我的家
啊——塞上右玉
你就是我心中的香格里拉

卧羊山峰呀，挺拔拔
鸟飞鱼跃的，就是那"杀场洼"
边陲儿女多奇志
树苗绿了呦，乐在咱心底下
啊——塞上绿洲
我的故里我的家
啊——塞上右玉
你就是我心中的香格里拉

任凭一场场风从冬刮到夏
沐浴了植被却不见沙
纵然三春难得见桃杏花
君不见生态畜牧旅游经济（呦）

（你就）赛金花！

啊——塞上绿洲

我的故里我的家

啊——塞上右玉

你就是我心中的香格里拉

2007 年 3 月于右玉

第二章

记录者情怀

记者、作家、诗人，也包括所有同行中的编辑家、领军人，都应该是人类历史忠实的记录者。客观地反映时代、真实地言说生活——他们的作品就无可避免地打上了时代的烙印。

只有热爱生活的勘探者、执着事业的有心人，才会发现生活中的美：黎明的曙光是美的，因为蕴含着希望；清晨的露珠是美的，因为象征着纯洁。作为记录者，他们始终坚信荒漠中顽强生长的植物，可以变成绿洲；大地上奄奄一息的火种，有望成就燎原……

读敬民同志《凡音之起》有感

采集那些民歌山曲
于生命之树绽放伊始
一直到绚如夏花灿烂似锦
纵然是收获的季节依旧勤奋不怠
耕耘如初——
以你年轻的心恒久的志和炙热的情
……
在脚下在手里在心中
攥一把带了泥土芳香
又血色浪漫的
花束
还给天空还给河流
还给土地还给乡亲
也还给你——
从青丝到白发的岁月
从孤独的暗夜到静好的黎明
还给你青春不老的
精彩人生！
……
凡音之起升起的绝不止是所谓凡俗之音
它是民族瑰宝是生生不息灵光妙现之不溃英声

你，还在冲锋
——张敬民系列作品之感动

一

多俏皮的书名《东张西望》
说的是东域张郎
西方在望——
像一部童话故事的开篇
云淡风轻中让人生出许多遐想
……
孰料，却是周游列国之后
沉且重的张扬
是你痛定思痛的思想与生俱来的灵性的光芒
将美国往事旅欧印象连同土耳其异邦风情融汇贯通
一并汇入了"并不遥远"也"绝不陌生"的文化考问与断想

二

有青春激情的闯荡
有社会责任的担当
有浪漫情调的追逐
也有无助的呐喊和彷徨——
将这不可复制不会重来的冲动与渴望
铸就了《今夜无人入睡》和《行者说》《行者践》
实现了新闻人"去伪存真"的实战理念和传播的梦想
……

三

或许只在无意中——
你为中西文化之洞见打开了一扇窗
人们踮起脚尖便可以瞭望
那锈迹斑斑的罐头盒内
装着历史的光影
你于异域野花的娇艳里
却闻到了自由的气息
和平的遥想
……

四

记得你创作计划中的几部索引篇章
想象你旅途中奋笔疾书的模样
案头上当你写罢最后一个字
电话里你沙哑的喉咙
就传来了——
收笔杀青的消息
与我分享
……
每到这时
身心俱疲的你
甚至于累倒在床上
嘴上说着该歇息一下了
可心里却酝酿着新一个构想
……

五

你说，记者是天底下最美的职业
作为职业新闻人要紧的是责任和担当
繁重的工作压在你的肩上——
你不去回望，有多少深挖的素材宝藏
已铸成华章获得奖项……
却总是感叹人生短暂岁月匆忙
你不去炫耀，多少来自基层的报道和百姓的口碑
早已传遍了城镇山乡……
却总是惋惜流走了太多的青春韶光
有时，你甚至幻想——时光倒流
若能重来一回
节奏一定更快
品质一定更强！

六

战士终究是战上
硝烟炮火当春雷鸣响
抛洒热血作鲜花绽放
歌者永远是歌者——
放声荒漠也唱出绿色的希望
……
《春天，我们出发》——
为了那些燃烧着的激情和梦想
你的眼睛莫不是又蒙上了一层憧憬的泪光
敬民——
东方欲晓
前方正有曙光！

更加丰蕴
——崔恩卿致作者

跋涉新闻路
九天云鹤渡
随缘寻胜境
妙在有无处

"画个句号"
从零开始
再展宏图
鹏程万里

1995 年 8 月 19 日

【创作背景】
　　1995 年初，山西青少年报刊社开始了"二次创业"。这年仲夏，为《山西青年报》加张扩版挺进主要媒体的事，全国青年报刊协会佘世光、尤为、武志莲等一行，应邀专程来晋研讨指导。随行前来的《北京青年报》社长崔恩卿，即兴赋诗一首赠予我们。
　　《画个句号》是我的散文集《无言的爱》（代后记）之篇名。

七律·感念恩卿

少壮大志甘平庸
误涉新闻显奇雄
十年一剑堪称美
梅开二度中华红

北青神州书青史
信报京都铸信诚
踏遍青山人未老
风刀霜剑亦从容

50岁生日这天写于北京

正义路8号团中央地下室招待所

2004年4月24日

【创作背景】

几次来京未谋其面，是日清晨偶发此感，借我的长篇小说《闲人》（文化艺术出版社）付梓在即，一首小诗送吾恩兄崔恩卿。

崔恩卿——新时期中国报业改革之先驱，曾任《北京青年报》社长、《北京娱乐信报》社长。

念友人

虎年岁头,收到恩卿兄发来信息有感,即兴赋小诗一首——

雪花飘飘又一春,
鞭炮声声念友人。
大国报业擎旗手,
新篇岂能作旧闻。

声容举止如昨日,
风采真伦常在心。
假作真时真亦假,
唯此箴言报恩卿。

2008年2月7日

崔恩卿回信

无雪兆京门,
艳阳催春魂。
感谢小平意,
把酒已醉心。

致·王俊石

初出茅庐作文诗
笔力平俗情感实
谁来抬举与扶掖
大社名家王俊石

不图名利兴社稷
尊严堪能金钱比
留得口碑在世间
百花娇艳凭实力

【创作背景】

王俊石,时任天津百花文艺出版社党委书记、副社长。1994年春夏来山西组稿。烟酒不沾的他一顿饭没吃,一块钱不要,带走了我的散文集书稿。这一年的年底《无言的爱》出版之后,又将其为这本散文集写的评论《挚爱真情自流淌》刊发在《山西日报》"黄河"副刊上……让我感动不已、久久难忘,逐写一首小诗以表感恩之情。

小平，新年好

猛志逸四海，
志在著丹青。
登车无暇顾，
拂袖出"光明"。
雄发指危冠，
壮气华山行。
盛年慕群贤，
奇功应有成。

1994 年年末

【创作背景】

得知我由"光明科教"调山西青少年报刊社任职社长的消息后，远在日本研修的席小军即刻从日本发来贺卡，并于新年前夜赋诗一首勉励。

席小军——亦师亦友亦兄弟。我当省青联委员时，小军已是青联秘书长了。心思缜密、正直善良、举重若轻、文采出众的他，日后发展更是顺风顺水、与时俱进。

忆旧事　贺新颜
——读杨宗同志《贺岁》有感

当年刊大狂飙起
救国擎起教育旗
百万读者又学子
希望大厦标新异

壮志未酬开新宇
不须扬鞭自奋蹄
胆识俱在天地间
功德置于人心里

男儿横行九州地
教子携孙仗丽瑜
晚辈传承前人志
不让京华闯国际

年年都有十桩事
件件欣喜又激励
英雄气短情更长
楷模人生当学习

2008 年春节

【创作背景】

　　杨宗，我社老前辈，刊授大学创始人。

　　杨宗，我们习惯了称呼他老杨。在百废待兴的20世纪80年代改革开放初期，依托《山西青年》杂志创办了被誉为中国第一所"没有围墙的大学"——刊授大学。一度在海内外拥有学员、读者近百万人。拔地而起的刊授大学总部——"希望大厦"，成为省城太原当时寥寥无几的高层标志性建筑。

　　老杨，一辈子学习奋斗，一辈子闯荡折腾。对于他来说就没有"退休"概念，老杨——永远在路上！

　　（李丽瑜——老杨的夫人）

贺·亚林兄弟荣调

久坐中军甘平庸
蓄其才华藏其雄
千般曲折说民意
百回携提报父兄

心如止水观浮躁
耳能明辨听潮声
忽如一日东风至
复兴路上展才情

2011 年 6 月 3 日

【创作背景】

在团省委机关一起工作多年，无论在哪个部门，刘亚林同志一直是较为低调务实的一个，纵是到省政府核心机构任职，风格也一如既往……日前（2011年），闻听亚林兄调任驻广东省办事处主任，作为"封疆大吏"独当一面担纲大任之时，即兴挥就小诗一首，以示祝贺。

远逝的历史　　忠实的歌唱
——有感于孙涛兄倾情倾力著史书

往事虔诚亦疯狂
闲时记得忙时忘
谁人舍己撰真史
且看吾兄担此纲

征程十载忆且访
巨笔千回见衷肠
夜半数度泣心血
丹心一片铸华章

无意角逐名利场
不惜千金撒路上
多版征询意见稿
终成丰碑立晋阳

2014年3月

【创作背景】

孙涛兄：你好！

又见兄大作《虔诚与疯狂——山西"文革"十年纪实》几经"征询意见"后自费出版，不能再无动于衷。

万千感慨，夜不成眠，凑成小诗一首以表敬意。

快车人记忆
——《新闻快车》十年之回眸与断想

回望十年之生日的季节

这是北方城市一个隆冬的季节
没有春风的和暖
没有夏花之绚烂
也没有秋日满目金黄的耀眼
……
北国的风光啊——
寒风席卷着结了坚冰的大地
却连一片雪花
也吝啬地不予你装点
跋涉新闻路路怎么越走越窄？
打造新品牌起步为啥这样难？

前辈在期待同仁在共勉百姓在呼唤
背负着光荣与梦想的电视新闻人上路了
从此，开始了十年"创新之路"的跋涉
在风云激荡的"融合与变异"中谋求发展
也是从此开始啊——
强手如林的中国电视媒体行列中
出现了一支青春的团队——

"TYTV"的新闻人立志打造国字号第一品牌
打造属于三晋百姓也属于自己
青春无悔的明天

快车开播之理想与实践

责任和使命像一串跳荡的音符
奏响了我们心中青春的乐章
理想和追求就是一束心灵的阳光
点燃了我们胸中的火焰
这是著名诗人歌德的诗篇
又何尝不是创业精神真实的写照
何尝不是敢于打拼的快车人当时的心态容颜?!

一次次学习考察一场场交流论谈
多少次废寝忘食多少回泪湿双眼
"我在路上……""我在现场……""我在一线……"
——他们用忠诚和执着
谱写着爱的箴言

快捷高效的忙碌中
他们可以忘记自己的生日
却不能忘记1999年12月6日这一天
这是《新闻快车》开播的日子
她承载着快车人回报大众的
喜悦和庄严

如果说"关注生活服务大众"的宗旨

是她呼啸而来的第一声呐喊

那么——

"关注民生彰显正义传播文明"

就是她全新的模式与导向

就是开栏之理念和宣言

屏幕上不再是千篇一律的消息

滞重呆板的画面……

老百姓收获了振奋感动和欣然

不似春光却胜似春光啊

《新闻快车》就像

冬天里的一把火

燃起的是希望

送去的是温暖

爱的箴言之收获篇

回首十年——

他们以真爱记录民生

用影像服务大众

给政府帮忙不添乱

为百姓排忧不空谈

快车人脚步匆匆

编辑部铃声不断

十年来他们接听观众热线电话

超过了十万件

患病儿童得到救助失学孩子重返校园

被拐卖妇女儿童也在警方行动中回到了亲人身边

……

纵然是就医落户供水取暖这些"小事"也不怠慢
因为他们郑重的承诺因为百姓期待的双眼

回首十年——
每一步前行都受到来自官方和专家的鼓励
百余篇新闻稿荣获国家和省市奖项
直到捧回"中国新闻名栏目奖"
这最为耀眼的光环
每一点进步都得到社会认可
看到百姓的欢颜——
是谁捧来的鲜花
是谁捎来了土特产
是谁把锦旗挂在了墙上
是谁久久地久久地等候在路边？
为的是说上一句感谢的话
为的是激励我们在进取的路上勇往直前
这些默默摆放在编辑部里的物件无声地言说着
"快车人"对新闻事业的执着胆识和曾经承诺的誓言
分明镌刻着他们对祖国的忠诚
对人民的爱恋

与诗人对话之亲历篇

我如果爱你——
绝不像攀援的凌霄花
借你的高枝炫耀自己
我如果爱你——
绝不学痴情的鸟儿

为绿荫重复单调的歌曲
甚至阳光甚至春雨
不,这些都不够
我必须是你近旁的一株木棉
作为树的形象和你站在一起
……
这是诗人舒婷的佳篇力作
何尝不是"快车人"的自勉?
在地震灾区在洪水现场在供暖一线
在动物迁徙的趣闻中在青年志愿者的行列里
责任和谐正气
团结民主自律
……
我有我红硕的花朵
像沉重的叹息又像英勇的火炬
分担着你的忧郁
共享着你的欣喜……
这是快车人十年的亲历
也是老百姓十年的口碑十年的记忆
这一切都是因为有爱啊——
祖国的新闻事业
我把青春献给你

我的季节之奋进篇

说到季节就不能不记起郭小川
——这位伟大诗人的名字
不能不记起那满眼收获的

耀动着青春火光的诗篇

我几乎不能辨认这季节
到底是冬天还是春天
因为我目光所及的地方
到处都浮现着新生的喜欢
我几乎计算不出我自己
究竟是中年还是青年
因为我面前流过的每一点时光
都是这样新鲜

其实我是记住了我们快车开播的季节
记住了还是北方城市的那个冬天
记住了种种尴尬和样样辛酸
记住了句句嘱托和谆谆忠言
记住了鲜花掌声
也记住了
年轻幼稚的我们留下的
不足和遗憾

用快车人匆匆的脚步记录
用新闻人青春的心灵记录
记住了这一切
你就记住了一个创业的故事
记住了快车呼啸而发滚滚向前的过去
你就记住了依然在路上的今天
当你记住了这一切啊——

你就距离新的目标不再遥远

不再遥远

2009 年 11 月 3 日（深夜，初稿于忻州）

二稿写于太原，记者节之前夜

【创作背景】

一份报纸、一本杂志都有自己的旗帜和灵魂，广播电视也应有领衔叫座的栏目、发出自己不同的声音。

1999 年 12 月 6 日这一天，是太原电视台《新闻快车》栏目开播的日子……十年之后，这档"关注民生"的新闻节目已然成为全国城市电视台栏目中的佼佼者，斩获了国家权威机构的好栏目大奖，也成为天天伴着电视观众一同成长的贴心人。这些年轻的新闻人在时任台长赵欣带领下，用忠诚热血创造着属于自己，也属于这份光荣事业的美好明天。

（由赵剑云、张宏朗诵的这首配乐长诗被做成视频，曾一度天天定时为观众播送）

第三章

青春的变奏与感叹

　　跋涉新闻路注定了不会那样平坦，新闻出版界和身边无数事实证明：作为一个事业的领军人，你一面带领班子集体托举着正在爬坡的事业前行，一面护卫着来之不易的团体利益不被少数人以各种"理由"侵占。方向不能偏、步履不能缓。于是，眼前不总是鲜花掌声……

——作者

裂 变
——青春的变奏与感叹（三首）

一、裂变

1

竭尽了全力的时候

你越战越酣

那个叫作事业的东西在你躬着的背上

艰辛地推进拓展

低垂的头颅不再高高地仰起

挺直的脊梁亦如新月弯弯

心中装着无言的苦痛

可咀嚼时——

咋又那么甘甜

2

终于你终于被击中倒下了

是那些阴暗处飞来的箭

挂了风声也裹着蜜糖

射向你的后背　胸前

击中了你因负重

而无暇护卫的

身躯
……

3

那张伪善的流光溢彩的脸
仍旧笑着
那位端坐着的他
依然稳健
正讲述的那一类时髦的"政治笑话"
照样精彩
你抚着淌血的伤口
此刻就站立在他的面前
回味着他也曾谙熟的道貌岸然的表现
妙语连珠的讲话和对上级一贯巧妙逢迎的嘴脸

4

下一个该被"关心"的人是你了
——仰望着被人施舍
日后，或也将成为另一个被人讲述的
精彩故事里的主角
……
末了，"谈话"末了
你的本能要你说出了那一句
违背自己良心的
连你自己也无法听清的孱弱的话语：
谢谢——不知是感恩抑或受辱
你甚至后悔就不该走进

那扇门那扇不作为的
没有良知的门

5

爆竹声中你觉到了自己的衰老
心力、体力不支本是自家的事
怎就学会了委屈抱怨？
其实，那些为利益而演化为"箭簇"的人们
最终总是要完成叫箭"离弦"的使命
或许该反思该转变该认输的
是你自己的执着和愚钝
……
其实，那张雍容华贵的永远笑着的脸
或许才是正常的这类职业的容颜
现在想来——
多么富有时代魅力与"亲切"感

2000 年春节

二、沉没的小船

1

有一则古老的寓言
船队穿越疾风暴雨的海面
须有几只船儿付出代价
触礁搁浅
要么整个船队覆没
要么在风雨阻滞下

最后一个登陆上滩
留给你的只剩一杯残羹剩餐
永远也无法抵达——
胜利的彼岸

2

我就是那只沉没的小船
也曾率同胞们搏击风浪勇猛作战
我们用借来的木船和简陋的舢板　与铁舰赛跑
我们以坚强的意志青春的忠诚热血
铸就壁垒防线
年轻的同伴啊
这些都还不够——
你必须有识有胆
为真理呼唤
……

3

越过了激流
船队已遥遥领先
可是年轻的水手却
未能躲过——
藏身于水下的礁石与旋涡纵横的危险
"你是旗舰，你不下地狱，谁下？"
一个声音在耳边回旋
你奋不顾身急急向前
以不屈的头颅受伤的臂膀做桨做杆

推送着船队避过风险

……

无悔的笑意写在脸上
心中装着的是曾经灼热的誓言

4

泛起一朵平静的浪花
你就离开了水面
划出一道青春生命的弧线
不说壮美抑或丑陋
对事业的忠诚却
毋庸讳言

5

我是一只沉没的小船
离开你们的日子是那么的孤单
艰辛的渡海虽已靠近彼岸
但前路依然险峻并不平坦
谨记前车之鉴
仍需奋力登攀
只要水手们不忘初心
只要船队依然高扬着理想的风帆

6

我是一只沉没的小船
海底万物又是我新的伙伴
怎能忘记过海时的激战造船时的艰难

昨日沙场上的拼搏
又化作今朝无时不刻的思念
眼前总是同胞们登陆时矫健的身影
耳畔每每闻听到战友们向着目标冲锋的呐喊
啊——我的战友我的同伴
只盼你们早日把红旗插上滩头高地
只要你们在奋进的路上
报一声平安

三、这一层的风景

命运将我带到了这一阶层
要我感悟世态炎凉和真实的人生
抬头全是各色臀部低眉尽露　歌舞升平
当面的争论与指责甚或谩骂——并不可怕
躲不开的是伪善的卑劣的逢迎还有
战斗打响后向冲锋陷阵的你的背后捅刀子的人
波澜不惊！
……
不定在何时何地也没有先觉的预知
你就中招了，倒在枪林弹雨的阵地上
遍体鳞伤的你或没有悲壮也或并不光荣
悄无声息从此毙命
……
纵然跋涉的路上
同人们脚步铿锵一刻也不停
纵然胜利的消息传来依旧鼓舞人心
纵然征程还在延续向你招手

纵然同事们还在为你
抱打不平!
可眼下你毕竟被黑暗与寂寞裹挟
置身于失去自由的"牢笼"
……
用心体味这无奈的情形
真诚反省过失冲动
以战士的姿态
再一次冲锋
搏回今生应有的
尊严和使命

2000 年春日

囚
——写给F
张　波

你是谁家的孩子
围在这困顿的城池
我问

太阳可以不灼热
冰雪可以不寒冷
海水可以有甘甜
谁有幸仰望一下蓝天
即刻会消融……
你说

【创作背景】
"囚"是我的乳名，是母亲呼唤我的专称——"囚儿"！诗人不知从哪里得知了我的"小名"，便不惜笔墨、挥洒才情俏皮地、也是庄重地以"囚"为题写下了这样诗行。

(歌词)

拥有一个真诚

盛夏也有清爽
严冬也有温馨
我们如何面对
只有一次的人生

分配时光才知生命可贵
献身事业方显青春火红
啊——
让我们共同拥有
拥有一个真诚

休闲也有凝重
危难也有安宁
我们如何品尝
只有一次的人生

风雨兼程才知友情珍重
永不言败才是青年风景
啊——
让我们共同拥有
拥有一个真诚

1995 年 7 月 10 日夜

【创作背景】

《青春万岁》主题歌

作曲：刘铁铸　演唱：牛宝林、陕军

1965年7月18日，毛主席应全体青年报人之请求，亲笔为《山西青年报》题写了报名。日理万机的敬爱的毛主席在亲笔回函中，亲切无比地写道："写了一张，不知可用否？——毛泽东"这是我们永远的记忆和敬仰，这是全国地方青年报唯有的殊荣。

1995年7月18日是毛泽东主席为《山西青年报》题写报名30周年的日子，作为《山西青年报》主办单位的山西青少年报刊社在山西电视台大演播厅，举办了《青春万岁》主题综艺晚会，纪念这个伟大的日子……来自省城演艺界青年精英和报刊社数百同仁，演出了包括自创话剧《历史瞬间——纪念毛主席为我们题词30周年》（郭大群编导、李克俭饰演毛主席）在内的歌舞等精彩节目，引发了较为强烈的反响。

《拥有一个真诚》是为"7·18《青春万岁》"主题晚会而作的主题歌。

菜鸟之骄傲

走出昨日的喧嚣
淡忘往昔之"荣耀"
来到鹏城——
我就是一只奋飞的菜鸟

无暇顾及繁华与招摇
有意避过富人们的谈笑
白昼,跟南来北往的外乡人为伍
夜半,是寄人篱下的窘迫思念远方的烦恼
菜鸟——
本是那一群打工者集体的称谓
如今,也是镌刻在自己身上的符号!

从一份事情做起
到三份工作的"煎熬"
心里装着"凤凰涅槃"的故事
眼前总是"浴火重生"的画面在燃烧

在这富有又贫穷的都市
人,本来就没有——
也无须苛求那个
叫作"尊严"
的外罩

追逐快捷的脚步
感悟青春的微笑
汗水泪水血水……
是身边过往的故事
也是生活的真实写照
痛定思痛又珍藏于心底的
怎会演进成了一笔人生宝贵的财富
升腾起一种能够抵御虚荣与伪善的骄傲！

2005年深秋于深圳

【创作背景】

　　无论风雨坎坷，用爱感谢生活。
　　世道以痛予我，我却抱之以歌。

——作者

　　一度时期，我成了"自由人"。在完成了长篇小说《闲人》（文化艺术出版社2004年版）的创作之后，因心脏病身体不适，到南方休养……大雪纷飞的一个早晨，只身一人便去了广东。

　　此前，经朋友介绍先去广东一家民营医院进行了简短考察，一是治病，二是帮他们做策划。后来才得知这家医疗集团还办着一本杂志，也是"天无绝人之路"——上天又将我派上了新的用场……在深圳、在东莞这样繁荣又节奏快捷的都市生活，就有了如是感慨。

第二部 02
春之声

看了《跋涉者之歌》这部书稿后,于病榻上激情地写下了如下感悟心语:"文字里蕴藏着诗歌的韵律与基因密码,细细品读,用心体味,将会发现一个人性的全新世界!"

——张敬民

第一章

春天的序曲

在诗歌陨落的日子里写诗

不是诗人

却可以挚爱诗歌

唯此跃动着火光的文字行列

才真切地抒发着我的情怀我的心声

谁来朗读——

这些"貌似诗歌"的作品？

我欣然地看到了，诵咏者们含泪的眼睛

听到了，乐曲声中那凸显着音质极美的庄重

这声音的共和来自忠诚于诗歌的人们

也来自大众燃烧着的

激情与共鸣

春天的序曲
——中国的改革开放从这里崛起

一

久远的故事已然成为过去
依旧震撼人心的是那篇"春天的序曲"
正如当年不再讨论"姓资还是姓社"的问题一样
改革开放才使得一个东方大国的脚步轻骑突进呼啸而起
……
我不再想用"奇迹"这词儿来言说眼前发生的一切
因为太多的"感悟"都是亘古未见的开天辟地
在我的心中也在历史的时空里填充着空白
留下无数个"第一"的记忆：
——
美国人的私人飞机平稳地降落在中国大地这神奇的领域
年轻的姑娘驾驶着两层楼高的装载机穿梭于工地
探取沉睡千年的煤层宝藏犹如囊中取物
"鲸吞"一样的"割煤机"——
攻城略地势如卷席
……
安太堡啊——
一个名不见经传的塞外村落
从此，跟中国最重要的煤炭生产基地

紧紧地连在了一起

二

其实历史不需要有太多的记忆
回想得太多有时会冲谈了思念的主题
可是有两个人在人们的心里却挥之不去：
小平同志！哈默博士！
人们记住了这两个铿锵有力的名字的时候——
正是在中华民族伟大复兴的重要时期
正是在亿万民众渴望求变的呼声中
也是在希望的春天里！

记住了他们你就记住了一个时代变迁的阵痛
记住了他们你就记住了中国开放的步履
记住了他们你就记住了沸腾的矿山
你就记住了创业者的足迹
……

春去春又来
花谢花又开
有一个春天却久住人间
有一种鲜花她永远美丽
那是盛开在开拓者心中的花蕾
那是最早沐浴着改革春风的人们手中
奏鸣着的心声乐曲
这是一种速度像闪电霹雳
"安太堡"易帜为"中煤平朔"完成了转型更替
这是一种效率不再空谈也不遗余力

"井工开采""露井联采"突破了千万吨级

……

2011——当又一个春天到来的时候——

那个属于中国人自己的

亿吨级的崭新矿区

在中国的北方

赫然屹立!

三

有人说——

那位敬爱的老人先在这里布了一个点

之后　又在南方谈话中画了一个圈

也有人讲——

应该是细雨在后春风在前

……

亲爱的同志啊

我何尝不清楚这是"过来人"质朴的情感

亲爱的朋友啊

我又怎能不相信这是"中煤人"执着的欢颜!

当你把质朴的情怀置身于延伸的发展

当复垦的土地在你脚下发生了沧海桑田的巨变

当"十二五"科学发展的"产业链"进入世界的高端

我深信着,你就是最幸福的人啊

因为一个"双千亿工程"的

巨大的梦想——

将在你们这一代人的手中实现!

——我们期待！

——我们祝愿！

2011 年夏日

【创作背景】

我是中国人民的儿子，我深情地爱着我的祖国和人民。

——邓小平

《春天的序曲》是中国改革开放的前沿和序篇，早在 1979 年"改革开放总设计师"邓小平同志访美时，签订了一系列贸易合同，并建立了当时中国最大的合资项目，安太堡露天煤矿。在这片英雄辈出的土地上，塞上儿女曾以他们英勇的战斗故事和勤奋扎实的劳作与创造，谱写了辽阔壮美的新时代生命的史诗。

时任朔州市委常委、宣传部长的郭健同志把握住了这个主题，于 2011 年 7 月，策划了一台叫作《塞外党旗红》的大型晚会。阵容整齐的解放军总政乐团现场演奏，首席导演郭宏刚指挥来自各行各业 6000 多名塞上儿女的大合唱，热情激昂、声震长空。朗诵艺术家董怀玉、经纬和常江等领衔激情朗读，赢得阵阵掌声……这场穿越 70 多年历史的晚会设计了《春天的序曲》《英雄辈出的土地》和《年轻的城》三个篇章。

现场直播的这台电视节目播出后，获得中国电视艺术家协会文艺晚会最佳作品奖。

英雄辈出的土地
——怀念你，抗战女英雄李林

一

这是一片英雄辈出的土地
天远地阔岭峻峰奇
赤旗漫卷浩然正气
吹刮着的朔风和那满坡的沙柳
或也是因了景仰前辈的足迹频频点头致意
是让我们遥望古战场的烽烟，还是怀想英烈们的事迹

塞外的党旗燃烧着火一样的记忆
七十一年前也是这个季节
一位年仅 24 岁的
女共产党员年轻的生命
在这里倒下——
一个凄美的故事
一个伟大的民族精神从这里站起！

二

李林，我们的好同志好姐妹
你是中华民族的骄傲你是党的优秀儿女
学生时期的你——

已然显露出你的才华你的智慧你的勇气
"如果我倒下了,你们要接过去,红旗绝不能倒!"
作为游行队伍的旗手面对着穷凶极恶的
匪警和白色恐怖的暴力——
你对护旗的男生如是的鼓励:
"甘愿征战血染衣,不平倭寇心不移!"
长大之后的你——
作为游击队长我们马背上飒爽英姿的双枪女
面对着千疮百孔的雁北大地
你用带血的声音发出的誓言顶天立地震撼寰宇
你以你秀弱的身躯
抵挡着阴霾天空的千钧压力
创建了人民军队在塞上的第一支铁骑
你以你战士的顽强和不屈
保护着干部和群众——
创造了"刀劈狗汉奸、枪杀鬼子头"的英勇事迹

三

你本是家中的千金宠爱
来自南国"侨乡"的子女
你有你的爱恋你的情意你的珍惜
和风里滋养的叶片花红却渴望北国的雨滴
在写给"中妇委"琴秋、庆树同志的信中你说——
"最有意思的是地方干部的老婆,
生下孩子要认我做'干妈'。
一个没有做过母亲的人,
骤然被人叫——妈

怪不好意思"

……

简短的文字是姐妹间调皮的私语

亮露出的却是你对新生活充满着憧憬和希冀

可当婚后的你有了孩子

当你真的有了孩子的时候……

我们却没有也永远不能为你祝贺欣喜

那是在日伪军重重包围步步紧逼的血与火的阵地

你的才几个月大的"孩子"

就在你身负重伤的腹中"安睡"……

在打退了敌人数次攻击、面临着又一次疯狂反扑的间隙

你对着你腹中的孩子说：

孩子，我的宝贝，妈妈多想要你

哪怕听到你第一声啼哭看到你眼泪一滴

作为我们母子间最后的慰藉

可是，可是妈妈做不到了

妈妈回天无力……

为了相爱的人不再惨别

为了更多的母子团聚

孩子，对不起……

我们的英雄将最后一粒子弹射进了自己的咽喉

她青春的生命裹挟着呵护着孩子一起

在敌人的枪口喷射的火焰里

在鬼子们罪恶的刀尖下

停止了呼吸

……

不，李林

——你没有死

你，还有你腹中的孩子

是在烈火中成为永生！活在了亿万大众的心目里！

四

七十一年了

李林——我们的英雄

人民没有停止思念共和国也不会忘记

每当桑干河的浮冰融化写满春意

每当雁门关的和风吹来芳草翠碧

你的形象就在欣欣向荣的塞外大地上屹立

你英雄的故事还在激励着中华儿女

砥砺前进，实现你们未竟的事业

高举你用鲜血染红的战旗

不屈不挠永远进取！

2011 年 6 月

年轻的城

——新朔州的建设者

一

一座年轻的城
写满了青春的特征
二十二年的岁月芳龄
纵然走在艰辛跋涉的路上
也会荡漾着一串串执着的笑声

二十二岁的人生
心头绽放着自信的人生
纵然是迎难而上的风口浪尖
你负重前行的脚步也显得那样轻松

你是沐浴着改革开放的东风
在共和国英雄的北方疆土上荣誉生成
在这片无数先烈们洒下热血的神奇的土地上
你承载着时代赋予的使命"大塞北"再度崛起的光荣

二十二年的科学引领
二十二年的风雨同行
共和国版图上多了一个城市的标记
连续第一的考核指标
见证着你对家乡和人民的热血忠诚

二十二岁的年龄
写满了青春朝气的特征
二十二岁的人生
心头盛开着无比自信的柳绿花红
……

二

有一种花叫作"蜀葵"
色彩艳丽枝干挺拔犹如盛开在当空
同风沙做伴
与冰雪抗衡
漫山遍野到处挺立着她不屈的身影
……
这在塞外高原上植根的花朵啊
正是一种象征——
她诉说着人民群众和共产党人
抗击风沙建设家园的壮志豪情!
无论半个多世纪前——
一任接着一任干、一张蓝图绘到底的"右玉精神"
也无论今天——
春风里的建设速度雷厉风行
这是咱老百姓见证的口碑
是人民公仆不遗余力
身体力行的明证!

在一代又一代"塞外人"悲怆的也是欣然的记忆里
"满目翠绿、一览无余"的赞美或已不再动听

因为曾经掩埋着无数英烈忠骨的土地上
成长起了又一批儿女英雄
他们是塞北的骄傲
朔州的光荣!

三

有一种树叫作"小叶杨"
这名字显得有些卑微
个头儿也不够强壮
可是她抗风耐旱生命力极强
纵然生长在劣势的洼地——
她也不去追逐雨水贪恋阳光
努力成长奋发向上
是她的品质
默默奉献是她不改的初衷不变的方向……

小叶杨啊
我的好伙伴
你同这座新城一道——
风雨同舟不离不弃一起成长
这里的人们深深地爱着他们的小叶杨
对她的爱恋
就像热爱自己的新城、自己的故乡
这里的人们熟知她的品格
她的锐意进取的锋芒
熟悉她婆娑的身影更熟悉她
抵御风沙的担当——
就像熟悉自己二十年变革的成果

二十岁青春的形象!

四

雁门开泰兮桑干发祥
朔州精神兮山高水长
……
在全国竞相发展的格局中——
"再造一个新山西"的号角已然吹响
"打造新基地、拓展新优势、建设新朔州"
就是这座城市的目标和主攻的方向!

豪爽大气兮古道热肠
海纳百川兮包罗万象
我们可以想象——
在这片有着优异传承的土地上
又一次孕育着英雄儿女的光荣与梦想……
我们可以展望——
当一个"自然、生态、现代、宜居"的幸福新城
屹立在我们眼前的时候——
她将是如何的耀亮
又怎样的荣光!
年轻真好——
朔州,永远的青春形象!

2011 年 7 月于朔州

走近老区
——大型画册《走近老区》诗文节选

写在扉页

用真诚和挚爱开启那扇久远且厚重的门扉
以执着和热忱唤醒老人尘封的记忆
孩子们好奇的眼神
……

走近大自然走近黄土地走近太行山
我们直面的或不止是旖旎的风光
悲壮的历史和苍凉的岁月
抑或就是稔熟又亲切的画卷
耸立起是铮铮铁骨
展开来作拳拳爱心
在这个世纪之初的
五彩斑斓的日子里
她引领我们——
走近老区

日军侵华

霸权者举刀　法西斯再现
北大营悲歌　卢沟桥事变
从此中华无宁日　民众生灵涂炭

侵占我领土　掠夺我资源
屠杀我同胞　践踏我河山
东洋强盗浩劫处　施虐惨绝人寰

一部血泪史　再作警示篇
历历如昨夜　栩栩在眼前
战火延续十四年　岂容臆想篡变

奋起抗战

抗日号角起　八一再宣言
华夏好儿女　救亡上前线
逼蒋抗日救危局　合作共赴国难

大山做屏障　开展游击战
小米加步枪　威名天下传
铁流两万五千里　鬼子闻风丧胆

捷报平型关　百团又大战
众志已成城　鏖战整八年
日军投降大势趋　接受人民审判

走近老区

硝烟已经散去　热血不再殷红
不变的是石筑的墓碑　巍然不动
来到这里
总有一种情感　会湿润
湿润你的眼睛

枪杆换成锄把　　打仗变作耕种
不变的是心中的挚爱　　依然赤诚
涉足这里
总有一种精神　　震撼着
震撼你的心灵

黑发和白发　　衰老与年轻
……
可变又不变的情结　　便是一道道风景
走进这里——
去思想大山的凝重
去找寻民族的象征
什么才会不老
什么才能永恒

强国信念

青铜写历史
碧血铸华篇
抗击侵略者
重整旧河山
战火延续十四年
锻造我中华尊严

谛听无言的诉说
追寻依稀的呐喊
不忘民族的耻辱
继承英烈的遗愿

筑我心中的长城

固我强国的信念

2012 年 10 月

【创作背景】

把视野始终对准祖国的河山和历史的记忆，举起相机的时候，眼前永远是家乡父老的笑颜也或悲怆的哭泣……一个新闻工作者的担当和使命重重地压在他们肩上，一种良知和责任深深地镌刻在他们心里。

他们，省城新闻界几位摄影记者，当然也都是"不忘初心，牢记使命"的热血男儿——在太原电视台原副台长王泰安召集下，一拍即合走进了太行山革命老区……

第二章

可爱的山西

是转眼过去了的日子，也是充满着遐想的日子，像秋日的阳光，也像春天的雨滴；是单纯的日子，也是多变的日子——浩大的世界，样样叫我们好惊奇……眼泪，欢笑，深思，全是第一次。

——王蒙

又一个春节来临的时候，他们不光长了年岁，还迎来一个特好的消息——国务院批准山西建立综改试验区！消息传来，整个青联新老委员"辞旧迎新"的联欢会场，欢呼雀跃、载歌载舞，变成了欢乐的海洋。

可以理解，山西正能量的、能让人们震撼的消息少了一点……他们期盼得太久、等待得太久。于是，听到这样消息的多才多艺的委员们——有纵情高歌的，有忘情舞蹈的，更有率性表演、任性发挥的……他们是爱祖国、爱山西的一群——爱得那样真挚与深沉。

可爱的山西
——省青联委员的新春感言

一

挽起我的手臂
我的姐妹兄弟
让我们低垂的头颅高高扬起
山西加入了新的经济特区的行列
将要变成共和国面积最大的综改实验区
再看一眼这十五万平方公里的熟悉的土地
不是向你告别是等待得太久就生出了难言的欢喜
衷心祝福你——
又一次艰难中崛起的可爱的山西

二

挽起我的手臂
我的兄弟——
让我紧紧地拉着你
为了前行的路上不离不弃
也为了这又一次发展的大好时机
带上你不再厚重的行囊还有未擦干的汗水
让我紧紧的拉着你
走在布满雾霭的路上

你要坚定些,我的兄弟
眼前是歌舞升平闪烁的虹霓
路边也正飘来爵士乐和香槟的酒气
这里,媚俗表演换来了大把钞票
那厢,精到的吹捧和谎言已经成交变成了实惠利益
……
假如我的胸口不能为你抵挡太多的诱惑
你要坚定些,我的兄弟!

三

挽起我的手臂
你要执着些,我的姐妹
不要为已然逝去的年华叹息
"回眸一笑百媚生"固然是种魅力
可宝贵的人生岂能为一己得失枉费心机
而放弃了奔向前路的
生命的意义:
山河秀美家乡富裕
孩子渴望父老欢喜
……
赶紧上路吧——
我的姐妹
春光大好精力正旺
奋斗的青春才最美丽!
"十二五"规划纲要鼓舞着我们
转型发展的大势像春潮一样席卷着三晋大地
……

那些迷茫与困惑中的眼睛正望着你
你要执着些，我的姐妹

四

我们没有倾谈我们没有默许
然而我深深地知道你的性格你的脾气
为家乡的发展事业的腾飞你总是不遗余力
可是进取的路上不光是雷霆风暴还有香风艳雨
因为我们曾经饱尝辛酸也有过太多的迷离和失意
……
也许你已经拼搏得很累很累
假如我的身躯不能为你抵挡所有打击
你要勇敢些，我的姐妹兄弟
——
挽起你的手臂
就牵动着当年的记忆
远大的理想蓬勃的朝气
做有担当的人做有为的自己
正是想起了当年才拉紧了你的手啊——
因为我们曾经彷徨犹豫也有过无助的哭泣
不该是追悔青春韶光的不再
而是要躬下身子
要为你——
山西又一次希望的崛起
做一回人梯
……

五

说句"千载难逢"吧恐怕夸大了主题
可我们总不能再痛失这绝好的良机
雨滴打湿了我们搏击风雨的双翼
可已然鼓起了风帆的船
却不容我们——
等待迟疑
……

挽起我的手臂
你要快些，我的兄弟
就让家乡的春风为我们壮行　沐浴
挽起我的手臂，我的姐妹
你要再用些力气
就让飘逸的长发在前行的路上成为战旗
……

山西啊——山西
过去，我是你的痛苦你的贫瘠
是你的沉重的负担你的挂牵你的忧虑
你是英雄儿女的摇篮你是抗击倭寇的太行老区
祖国啊——祖国
今天，我是你的骄傲你的骨气
是你经济发展的宝藏煤炭重化工基地
是你伟大的民族复兴的"中国梦"——
又一个新的希冀
……

全世界都在关注着我们——

全世界都瞩目着今天的中国今天的山西!

六

站在我的肩上——
你要勇敢些,我的兄弟姐妹
我就是你的基石是你靠实的人梯
历史的责任不容我们有任何的闪失大意
挽起我的手臂——
你要坚强些,我的姐妹兄弟
人民的重托不容我们有丝毫的怠慢甚至喘息
为了家乡也是为了我们自己
为了祖国也是为了生命的意义
去迎接一个历史性转折的伟大时期
去拥抱一个崭新的跨越发展的可爱的山西!

（歌词）

山西好情怀

泱泱华夏

巍巍礼仪

谁不知实在的小伙能受

谁不说智慧的女儿俊美

——

票号不长开启中华金融之最

陈醋不酸入口纯正才觉得甘美

煤电不多光热输往腹地边关

汾酒不醉就着民歌品尝才无穷回味

……

啊——

挺起山西的脊梁你就是中华的膀臂

太行吕梁

黄河汾水

谁不赞宽容的性情久长

谁不夸和谐的人生壮丽

——

勤劳勇敢表里河山磅礴大气

内敛含蓄文化璀璨知书达理

无私无畏铁肩能挑千钧道义

纯朴忠义迎来风调雨顺缤纷花絮

……

啊——

一个温暖可人的福地

山西好情怀我的新山西!

第二部 春之声

第三章

拥抱青春未来

沿八十载共青足迹跟党走，不遗余力建设小康社会；
领九百万山西儿女创伟业，与时俱进装点美好家园！

——支树平

我1971年4月参加工作，同年任团支部书记，这一年我17岁。后来调入公司团委，继而团省委。有幸在支树平领导下近距离感受了——眼界更为辽阔的青年生活，见证了青年领袖们亲切、务实、蓬勃、进取的风采。于是，生命中就有了共青团、少先队和青联组织的深刻印记。（篇幅所限，略去了相关内容的篇章）

"做党的助手，服务团员青年"是团的主课，跟青年一起你会永远不老——在这个洋溢着青春活力的行列里，身边涌现着叫你无法忘却的动人场面、感人的事迹……

拥抱青春未来
——写在全省纪念五四青年节 95 周年的日子

一

所有的记忆

所有的记忆都来吧

都来吧都来吧

让我把你们穿在一起

用青春的岁月和奋斗的故事

还有征途上,那一串串深深的足迹

都穿在一起

穿在一起!

……

所有的梦想

所有的梦想都来吧

都来吧都来吧

让我为你们擂鼓举旗

用中华的骨气和民族的希冀

还有冉冉升起在东方的蓬勃的晨曦

为你们——擂鼓举旗

擂鼓举旗!

二

"五四"的光荣思想

把漫漫长夜里的阴霾驱离
点燃了象征民族希望的熊熊火炬
在仁人志士用生命和鲜血熔铸的路上
正走来我们——
前仆后继

在纪念这个属于青年的节日里
我们拿什么献给你
我的祖国
在这个人生最壮美的季节
我们怎样才能继承你光荣的传统
与人民荣辱与共息息相关不离不弃

不因"碌碌无为"而羞愧
不为"虚度年华"而懊悔
向前辈们那样
英勇无畏勤奋学习
高高举起科学民主进步的大旗

三

青年朋友们——
你们早已记住了前行的方向
汗水正流淌出你们的深耕细作的身影
实验室里的灯光诉说着你们把握未来的希望
聆听你的故事跟你一道分享
看到你的奋起把你作为榜样
贴近你的胸膛感到一阵温暖

挽起你的臂膀增添一种力量
……

激情梦想执着坚强
　——青春是一种力量
勤奋专注历练成长
　——奋斗是一种希望

我们有时间有智慧有燃烧的信念
去实现伟大的中国梦
我们有义务有使命
有责任有担当
建设山西美丽的家乡

四

年轻的朋友——
走进你的世界我们一同成长
一同成长！一同成长！
奋斗的青春让我们一起荣光！
一起荣光！一起荣光！

2014 年 5 月

青春是一团火

如果说青春是一团火
那么,共青团就是一首歌
是一首永远跟党走建设新中国的歌
是一首弘扬主旋律走进新时代的歌

在这红色的五月
在这难忘又庄严的时刻
我们回眸已然走过的八十年历史长河
耳畔仿佛震撼着先贤志士们救国的呐喊
眼前依然燃烧着中华民族为自由而战的
硝烟炮火

先烈们用他们宝贵的生命
奠基了共和国的柱石
前辈们用自己鲜红的血液
催开了大中华绚丽的花朵
中国人民从此站起来了
我们跟着共产党迎来了一个
属于中华民族自己的崭新中国

做党的助手和后备军是写进党章里的骄傲
领青年建业做时代先锋
是共青团光荣的职责

社会主义建设热潮中活跃着青年突击队
扶贫支教社会实践走来了青年志愿者

青年文明号唤醒了职业新道德
再就业和社区服务又喜结硕果
产业结构调整中涌现出青年领头人
希望工程温暖着千万个失学儿童的心窝

我们不敢有忘美化家乡、绿色祖国
团员青年齐上阵保护我们的母亲河
我们不敢有忘全团带队的职责
让星星火炬同青春的光焰一道闪烁

珠穆朗玛峰巅上一次次升起五星红旗
世界竞技领域里一遍遍奏响中国的国歌
在五四奖章这至高无尚的荣誉激励下
一批杰出的青年成为新时期的楷模

心坎里想着人民
我们的队伍才如此的朝气蓬勃
共青团永远跟党走
我们的事业才如此的波澜壮阔
只有用闪光的青春告慰历史
人生才会不老
只有用生命的价值报效祖国
壮志才不蹉跎

铁锤和镰刀的旗帜映红了年轻的面额
新世纪的征途上正铿锵着青春脚步的跋涉
我们来了——共青团
我们是新时代忠诚的实践者

如果说，美丽的青春是五月里盛开的花朵
那么，共青团就是与时俱进的绿色长河
多么明丽多么鲜活
多么坚定多么执着
共青团永远跟党走——
把火热青春献给伟大的民族复兴
献给我亲爱的中国

2002年3月23日于晋城阳光酒店

【创作背景】

《青春是一团火》是作者为山西省"纪念中国共产主义青年团成立80周年"大型歌咏晚会《青春之歌》所作的主题诗歌。在滨河体育场由山西省话剧院张治中、张晶领诵，现场数千名青年集体朗读。

我期待，用创造的光彩
——少先队山西省第四次代表大会上的献词（节选）

一

金风阵阵吹来
摇曳着收获的风采
秋阳敞开胸怀
诉说着时代的真爱

当累累果实压满枝头
当频频捷报绽放异彩
我们迎来了，迎来了——
少先队山西省第四次代表大会的召开！

请原谅，我们稚嫩的心已守望得太久——
就连队服、队鼓和红领巾也一道期待
请允许，我们用"期待"表达挚爱
因为你——少代会
即将续写山西新的属于红领巾的历史
即将开创全省少先队事业又一个辉煌的未来

二

我们期待

——用诚实用勇敢

我们期待

——用活泼用团结

我们期待

——用刻苦学习用创造的光彩

因为,我们要做共产主义事业接班人

因为,我们要做建设小康社会的合格人才

我们期待——用优良传统

我们期待——用深切缅怀

我们期待——用勤奋实践

我们期待——用继往开来

……

三

亲爱的党啊,多想对您表白——

长夜里,你领导我们驱走了黑暗

困顿时,改革开放让中国富起来

实践中,共青团带队把方向

征途上,引领我们把路开

跨世纪中国少年雏鹰行动

让我们知道了,我们不是小鸟是雄鹰

手拉手活动和创造杯的比赛

让我们懂得了，助人为乐，勇于实践
少先队带我们走出校门
增长了见识，眼界大开

小主人、小目标活动
让我们学会自护、自立、自强
保护母亲河行动
教我们对美化家乡责无旁贷
我是少先队员
这光荣的称号让我们
有了责任更开阔了胸怀

科技创新、素质教育
是我们400万少年儿童的期待
"以城市为龙头，以农村为重点"的及时出台
充分体现着党团组织的精准指路和殷切的关怀

四

学习，是我们的首要任务
本领，是我们需要打造的品牌
应试教育不是唯一的途径
祖国需要全面合格的人才
劳动生活实践
品德磨难心态……
在广阔的天地间
一展我们红领巾创造的风采

不是那个灰色的天空有雪花飘来
不是那个炎热的气候
细雨击打着节拍
是秋天——这收获的季节
我们迎来了少代会的召开

既然经过了春华的喧嚣
就该拥有了秋实的心态
红领巾要有红领巾的成熟与冷静
少先队要有少先队的大志和胸怀
因为我们刚刚跨过了世纪的门槛
因为我们成长在与时俱进的
伟大时代！

五

我们期待——
用诚实劳动
我们期待——
用辛勤汗水
我们期待——
用聪明才智
用我们红领巾创造的风采
因为我们肩负着历史
也将开创未来

我们的队名：

中国少年先锋队

我们的队旗、队徽：

星星火炬

我们的标志：

红旗的一角——鲜艳的红领巾

我们的呼号：

准备着，为共产主义事业而奋斗

——时刻准备着！

时刻准备着！

第二部 春之声

青春的聚会（组诗）
——为省青联换届会委员联谊而作

青春的聚会

我们来了——
无论在冬季还是夏天
眼前都会是跳荡着满目欢颜
我们来了——
无论繁忙也无论空闲
只要相会在一起
心中总是燃烧着激情的火焰

我们来了——
有来自各族各界的青年精英
有莘莘学子的杰出代表
有田间地头的劳模
也有来自生产一线的标兵
我们结伴同行
就是一道青年风景
就是一支朝气蓬勃的生力军！

青春的心灵

我们来了
继承青联、学联优异的传统
正是她们这响亮的名字
召唤着我们
以青春的名义担负起新的使命
……
请原谅我们的稚嫩和冒失
请担待我们的自负与冲动
也请检验我们的爱好和志趣吧
考验我们坚强的意志和纯净无比的心灵
……
当无边的暗夜有了你青春的身影
当真诚的呵护感动了受助的群众
当绝望中的呼救变成了新生的希望
当孩子们稚嫩的脸上绽放出天真的笑容
年轻的朋友——
这就是你人生最大的骄傲
就是你接受人民考验的答卷真情

青春的责任

从帮助失学的孩子开始
青年就有了自己的慈善事业
——希望工程
从南国的冰灾到汶川的地震
从奥运的盛典到玉树又一次的灾情

走来了"青年志愿者"他们脚步匆匆
为人民分忧与祖国同行
就是他们神圣的责任！
为你们骄傲——我的同伴
无论前线淌着汗水的青春脸庞
还是后方大义当先捐助的身影
正义的力量在这里集结
青春的心儿在一起跳动
只要还有需要帮扶的人们
爱心行动就不会停止
只要祖国在召唤
年轻的我们就担起这重任
奋勇前行！

青春的使命

聚会的意义将又一次证明
年轻的我们本该是这个时代的先锋
像刘胡兰黄继光董存瑞
像王杰像丛飞像雷锋
……
青年不是只注重"自我发展"的代名
应具有"多元与互助"的性情
我们关心着学习创业
关心着民族的复兴
关注着还有多少失学的孩子
关心着还有哪些要我们挺身而出
奋不顾身……

不要说我们的力量显得微薄
每一次行动都是真挚情感的由衷
不要说我们的所及有限、位卑言轻
青春的关爱
就像星星之火温暖每一个需要帮助的人
……
这就是我们的使命——
让青春的人生变得更加壮丽更加火红！

写于2003年8月

山西青联之歌

青联　青联
你是五月的花朵
你是时代的笑颜
在你鲜艳的旗帜下
聚集着各族各界优秀的青年
不分贫富贵贱
没有鄙视恭谦
平等平常的心
把我们紧紧相连

青联青联
集结爱的力量
听从祖国召唤
啊——青联
我们自己的家园
累了——你就回来歇会儿
委屈——你就在这儿呐喊

青联青联
你是青春的故事
你是友谊的摇篮
在你和谐的家园里

畅享着民主进步的新篇

不分资历深浅

没有世俗偏见

成功者，有鲜花祝愿

失意时，为你送上温暖

青联青联

凝聚精英胆识

创造中华明天

啊——青联

我们自己的家园

无论离开多久走得再远

有一颗心在把你挂牵

第二部 春之声

第四章

春天的宣言

无论什么时间，在哪个角落遇见了你，或许都不重要。重要的是，时代需要这样的精神。程腊生，名校工学硕士，曾任山西省青科协理事长，青联委员中一个值得点赞的人物。宝洁地产是一家有着自己稳定的专业技术团队，特别有着严格产品质量标准的置业实体。

他们用初心和梦想，忠诚地践行着"用心在人、专心造房"的诺言。

2002年元宵节这天，得天独厚的汾河东岸的"龙湾写意"工地上、小河边，宝洁地产的青年朋友在与业主们联欢。中国黄河电视台演播艺术家常虹，对着近前的美景和不远处的"写意家园"诵读着他们心中春天的宣言……

从桃园到龙湾

无论你走得多远,都能听到"春天的呼唤"
无论你走到哪里,都能感到心中的爱恋
融化皑皑冰雪,击退瑟瑟冬寒
龙湾国际国际龙湾
这是我转型跨越后新的名字
永远跟着时代的脚步
也和着春天的
宣言——

三十年创业二十年打拼
又是一个历练的十年
桃园起步茂达集团宝洁地产幸福港湾
……
创业人回眸自己坚实的足迹
同行者找到了自信和尊严
智能化园林小区的崛起
见证着一段历史的改写
为业主精诚地服务
敞开我深藏于
心底的夙愿

我是龙湾国际——
依傍着母亲河

捧献出我的"开篇巨制"宜居之样板
我是龙湾情怀——
悠然嵌入城市东方的明珠亮点
与美丽的北河湾朝夕相伴
我是龙湾写意——
汾河旁公园里徜徉浪漫都市之风情
文化主题力挫群贤引领城市北部高端之风范
我是龙湾生活——
用心造房用爱装点……
"民生民情"是我不敢有忘的担当与责任
"报效业主"就用扎实的品质和超前的服务理念
——
诠释我对祖国对家乡
火热的情感
……

当又一个春天向我们走来的时候
引发了我们言说的欲望
质朴且又由衷的感念
其实就是要对你
说的话——
也是我们这一簇
对着春天的
宣言
……

2002 年正月十五

兄弟，你一天也没有离开过我

昨日的光荣浸透着你的汗水与深深的车辙

跋涉的路上存留着你依稀可见的脚窝

因为镰刀斧头下的誓言依旧滚烫

因为汗水和泪滴还在腮边闪烁

——

兄弟呀，所以说

你一天也没有离开过我

在共和国砥砺前行的征途上

我们用不再嘹亮的歌喉一起放歌

……

不需要你知道我不渴望你记得我

我把青春献给了祖国的山河

山知道我江河知道我

祖国不会忘记我

……

不需要你知道我如今在哪个峰巅或者沟壑

也别问我身处何方是辉煌还是没落？

晴空记得长夜记得书卷记得——

那个不忘初心永远忠诚的

就是我！

生命短促骨子里流淌的血液是一样的颜色

青春美好青春韶华放射着一样的光泽
不堪回首不能琢磨人生无悔
虽说我们失去的太多太多

不需要什么补偿
也不要牵强作秀的认可
因为你从来就没有"掉队"
因为砥砺进取的你一天也没有离开过我

致敬，向海的那边

　　影视演员徐敏、李晓燕随"中国影视艺术代表团"出访意大利，走进侨乡向那些为祖国争光的海外游子们——送去温暖、送去赞叹和殷殷的希望。

——作者

一

金风送爽的时候我们漂洋过海
终于来到了你们的身边
看一片落叶渲染的秋色
闻一季飞花沧桑了流年
海水，是那般的透明
秋阳，是那样的
和暖……
这个季节叫作秋天
这个季节月儿最圆
这个季节，最容易勾起人们的思念
——
思念祖国思念家乡思念亲人思念团圆
……

二

每到秋天，月下灯前
人们习惯了梳理岁月的发辫

纵然朦胧依稀
依然清晰可辨——
你会情不自禁地想起：
迈出国门第一步时的冲动和果敢
也会泪流满面地记得：
淘到第一桶金的喜悦和辛酸
作为自食其力的、共和国一代海外骄子
你们用汗水和泪滴让中国的名字
连同"能工巧匠"的口碑
在"全世界"传遍！
……

三

向你们致敬——
我的黄皮肤黑眼睛的姐妹兄弟
向你们致敬——
我的乡音未改容颜未变的侨乡的青年
祖国正怀着骄傲注视你们——
奋斗的路上是你铿锵的步履意志如磐
脚下写满了你激情的诗篇
金光灿灿
……

向你们致敬啊——
我真的不知道
该用怎样的语言？
是创新的"先驱"和"旗帜"
是创业的"英雄虎胆"

是青年的楷模

是领军的标杆

或者说是"兼而有之"吧

但在心灵最温暖处我似乎又找到了答案：

秋天——还是这个季节的主题：——秋天的思念！

四

少小离家的你可曾记得你的家乡

青山的山峰有几座丽水的流水几道湾？

母亲头上的白发有几绺？父亲的脊背压弯了有几年？

……

天高地远海阔家圆

无论飞得再高走得再远

都不会忘记家国故土、父母田园

这是炎黄子孙的根——

是海外游子的牵挂是团圆的期盼是幸福的源泉

五

金风送爽的时候我们漂洋过海

终于来到了你们的身边

向你们致敬也送上

季节的祝福——

海枯石烂

直到永远！

火红的旅程

像勃勃跃起的太阳
似雨后天空的彩虹
系贯町的"富有柿"熟了
她诉说着中日青少年之间的友情

中国　日本
日本　中国
二十年往来写下的辉煌历史
近百次交流为两国人民称颂

在这收获的季节
我们又踏上了东渡扶桑的旅程
作为山西省一千两百万青少年的使者代表
要把美好祝愿
和世代友好的希冀
在这片美丽而富饶的土地上播撒传送

在这里　我们尝到了柿子的甜美
鲜花的芬馨
更感受到了日本人民的辛劳智慧
炽热的盛情

在一次次花山旗海的欢迎仪式上

多少人把纵情和希望写在脸上
在一程程车水马龙的送别上路时
多少人禁不住泪水挂在腮旁
呵　人们在感叹这匆匆即逝的时光
人们又祝福这友谊万岁地久天长

系贯町　山西省
山西省　系贯町
今天我们把友谊的种子播种
明天将在收获的季节里开启一个崭新的旅程
……
呵——天空依旧会这样晴朗
柿子依然是这般火红

1991 年 11 月 20 日
写于日本·南风庄

【创作背景】

1991 年冬天，参加山西省青联"中国青年访日代表团"，跟随安焕晓团长出访日本有感。

创益之歌

一、感慨 你的名字

很久很久了
人们似乎已经记不起你的名字
记起的或只是命运的几次摆布
还有数度的奋争与喘息
少小离家草原戈壁
那个铁打的营盘精心习武潜心历练的是你
风华正茂且有才气——
那个堂而皇之的大机关里不甘寂寞的是你
"大山乡情手拉手"啊……
那个七品官爵的小县城里不断折腾的是你
……
也曾饮酒赋诗与青联朋友聚会的时候
也曾放歌奏曲用嘶哑的喉咙言说正义

十年前的今天你有了一间公司
中国兵器行列也有了一个属于你的奇迹
只有在你的陈列室——
在那仿佛弥漫着炮火硝烟的
枪弹如林战车滚滚的陈列室里
人们才会联想起你的名字：小武
一个在部队大院成长的孩子

一个与钢刀和战马结下渊源的我的兄弟

二、见证　你的创益

十年前也是这样一个冬季
你扛起了致力于祖国"国防事业"的大旗
蜗居斗室摆放了几样桌椅
肝胆相照聚集起志同道合的姐妹兄弟
然后就是东奔西走的你的年轻的身影
还有天南地北为理想而战的激情游说

当然你有你的才华你的智慧
你的敢于担当你的精心设计
可是没有人会留心在意
因为见到的总是游离主题的另一种游戏
纵然在你的公司你的总部基地
哥们儿弟兄也只是大碗筛酒的痛快大块吃肉的惬意
人们心中真的没有——
你挑灯夜读之印象
你攻坚刻苦的痕迹
你就是你啊小武我的兄弟
依然是一介热情奔放独往独来的天马啊
依然存留着一个潇洒男儿横行世界的霸气

三、欣赏你的勇气

直到有一天啊
美丽的维多利亚港湾
升起了象征主权的五星红旗

解放军驻港部队呼啸启程的战车
载着你的爱心也载了"创益"精准的仪器
直到有一天啊
雄伟的天安门广场上
共和国六十华诞的大阅兵震撼世界所向披靡
威武的车流铿锵的步履
同样带着你们辛勤的耕耘你们热切的汗滴
……
我无法想象
在那庄严时刻你的心情
也许会泪水横流也许是满心欢喜
但我会相信你是记住了你团队你的集体
还有这来之不易的时代给予的特殊的荣誉
不仅是你
还有我们——你的朋友
也记住了那个光荣与梦想连接在一起的名字"创益"
一如斩钉截铁般响亮的青春的呼号
一如洗雪百年耻辱的我亲爱的祖国扬眉吐气

<h3 style="text-align:center">四、图解　你的爱恋</h3>

对英雄而言
这个年代是人杰辈出的摇篮
在金钱面前
也容易滋生腰弯骨软之怪诞
你不是刻意要成为英雄的人
甚至是某种理想的反叛
你也绝非平庸至极的后者

因为你钟情于现实的思辨

要图解你的爱恋的时候
眼前总是红色一片
那不是二月的花红
也并非霜叶之灿烂
不完全是军旅生活的火热
也不是赤旗于阵地上招展
我想大约就该是"血色之浪漫"
血色者——刚直不阿
浪漫者——崇尚箴言
你有你自由驰骋的天地独处的空间
又有你为人的尺度做事的标杆
正如前番叙述的那般久远
亦如创益的十年就在近前——
只是寻常看不见啊
偶尔才会露出真颜

五、祝福 你的明天

天阴着要下雪了
可是还没见到雪花一片
小武和他的"创益"他的伙伴
就像腊月三十的时钟一样守望着新年

那是一种怎样的等待和守望啊
那是一种怎样的企盼
在路上的他们

用不再的韶光和忠心赤胆
用不老的青春和坚定信念
为友谊之长存为事业的发展
开拓属于自己
也属于祖国更加美好的明天

2009年12月15日
又一场大雪飘落的日子
三稿于铜锣湾

【创作背景】

　　一个军人出身又爱好文艺的战士；一个喜欢周游也喜欢独处的青年；一个生活在诗意里却又吟诗作画的游子；一个关心着祖国命运，而又自己奋发创业的男儿冯晓武。遂写几首诗作以抒发自己的所思所感。

筑梦，在城的东方
——见证一个市场的成长

（朗诵者：同生、张晶）

序　篇

当第一缕海风吹来
你还辨不清风来的方向
久居于黄土高原内陆省份的
我的姐妹兄弟呦我的可敬可爱的老乡
当第一篮海鲜送进你的厨房
第一盘海味端上你的餐桌的时候
你或许才会问：
"哪里来的？莫非莫非……"
是我们山西、我们太原也有了自己的"海鲜市场"！
因为——太久了太久了
只能吃到"冰鲜冷冻"的"老西儿"
从来都没有指望、奢望能够像今天这样：
一座海鲜城，挺直了脊梁，就坐落在城市的东方

一

五龙口东安剧院，还有"拐角处的城墙"
这是老城太原的标志是我们生于斯长于斯的故乡
也是他们——
作为"弄潮儿"的他们用闪光的青春和汗水
熔铸了省城第一个海鲜市场这是他们

"梦"——开始的地方！

1996年的冬天，是一个特别寒冷的季节
"海鲜市场"开业的消息却像一阵和暖的春风
为太原人传来了喜讯：今后"吃海鲜"不必再去南方……
五龙口五龙口——五龙口海鲜市场
就是咱"家门口"的
海——港！

从此，结束了买"海鲜"只能在"菜市场"转悠的历史
结束了，吃"海味"只能是"鲤鱼和带鱼"的
尴尬与惆怅
从此，开启了开启了啊——
让山西、让太原的名字不再是煤电
也因了"海鲜"
而走出国门
走向世界
——
这前所未有的时尚！
听呦——街头巷尾老人们奔走相告孩子们笑声朗朗
看呦——南来北往的"渔家"落户后的神采飞扬
乐呦——川流不息的顾客、满载而归……
我们年轻的倡导者、创业者董事长
却再也忍含不住——
两行泪水久久地
挂在腮旁
……

二

记忆着你的记忆

荣光着你的荣光……

记忆着起步的艰辛爬坡的坚强

感慨着青春不再，庆幸着市场的成长

他们为填补了"海鲜市场"的空白而骄傲

为自己成了"第一个吃螃蟹的人"继而"卖螃蟹的人"

而感到无尚的——荣光！

……

有人为他们严谨分工合作的"海鲜梦工厂"画了一幅像：

可爱的商户在打拼的一线经营管理者在服务的后方

管理者为商户鼓劲商家全心全意为消费者奔忙

如此往复，多少年来坚守着无言的约定：

因为路过你的路苦过你的苦

所以快乐着你的快乐

追逐着你的追逐

……

于是啊——在全国在全世界的码头海港

把最好的海产品装进集装箱：

海运空运陆运最终送到山西太原港！

我常常在想这该是怎样一幅沸腾的画卷？

这该是怎样波澜壮阔的景象！

三

二十年前，市场开张时的你、我、他还都是

豆蔻年华的小伙儿、姑娘青春正旺

可如今的他们已然两鬓染霜

成了孩子们的爹娘

……

要发展创新

要向前赶路了

舍不下创业时的伙伴

丢不开同志间的冷暖情长

因为——因为啊

有一种感动叫奉献

有一种责任和使命　叫作荣光！

如果说，"五龙口海鲜市场"的创立

是"从无到有、从小到大"成功企业的范例

那么如今，"整合优势、大步跨越"的"海鲜市场"

就成了：集海鲜、蔬菜、生肉、餐饮等八大交易功能区

别开生面的

"购物的乐园""海洋的世界"和"吃货们的天堂"……

四

有人说，他们是一群"草根"

换句话说，也就是没有"根"的小草

每一步前行都只能靠自己打拼在风雨中飘摇

好在有消费者的信赖

有"惺惺相惜"的商户相互照料

……

也许，他们的坚持和努力 感动了上苍

也许，诚信服务让更多人有了"超值"的回报

还有政府部门和社会各界的认可、支持、鼓励和关照

让那一颗曾经受伤的、动荡的心啊——安放得很牢、很牢!

利润,不再是至高无上的目标 金钱也难以让他们动摇
唯有一起创业的 兄弟般的真情 姐妹间的挚爱
才是力量的源泉 才是人生路上的 依靠
——
为合作一方的商户们送去 贴心的温暖
替外来的孩子们解决 上学的需要
给困难的同事 减缓租金
还在路上的他们——
一如既往心连着心 手挽着手
砥砺前行 不屈不挠
……
当面对这群可敬可爱的创业者时,我不禁想问:
二十年了,你最想说的一句话?
答曰:不容易啊——
累——很累;痛——很痛……不,
应该说:
累——并快乐着;
痛——并快乐着!

尾 声

从明天起,
做一个幸福的人
喂马、劈柴,周游世界
从明天起,关心粮食和蔬菜
我有一所房子,面朝大海,春暖花开……

这是已故诗人——海子的著名诗句
我们在海子的诗句中
翘望"城的东方"
我们在"春暖花开"的喜悦中
拥抱那欢欣的海浪
让这段光荣的历史
成为"太原人"永久的记忆——
不要遗忘!
公元 1996 年——
有一群年轻的"海鲜消费"的倡导者和引领者
在城的东方——
开启了"内陆海鲜"的奇迹!
创新着 走向未来的 ——古老晋阳!

        2016 年 12 月 18 日凌晨 初稿
      2016 年 12 月 23 日二稿,定稿于 12 月 29 日

护路队员

一、我的称谓

不要说一年才有一次的相聚团圆
平日里有一条无形的线把我们相连
其实，我们也都彼此挂牵
为的是祖国大动脉的畅通
为的是人民群众出行的安全
每当辞旧迎新的雪花飘落的时候
爱就是一杯酒 饮了就化作往昔的思念
朋友啊 我们的牵念在你听来可能比较陈旧
可是对于"天天受用着"的我们 却无比的新鲜
请你记住吧 一位护路队员的恋歌心曲、新春的感言

有一种工作叫护路
有一个事业叫联防
有一种品德叫坚守
有一种荣光叫奉献
他们都与铁路运输相关
情系着每个人出行的安全
……
就是这样一支铁的队伍
人们却不了解它的工作内涵
甚至连名字也听不懂、记不全

也真叫"问者"尴尬、"答者"为难
你就是用拼音、用指尖敲击键盘"护路"两字
屏幕上也立马是"葫芦"的字样率先呈现 映入眼帘

有位首长曾这样讲解：
当你乘上火车驰离货场、车站
那里就是我们责任和使命的空间
也有护路队员这样回答：
千里铁道线——都是我们守护的区段
铁打的营盘——就是我们自己可爱的家园

二、我的内涵

巡逻——走在路上的我并不寂寞
小河为我放歌 大山与我做伴
站岗——伫立在道口前 隧道边
行人听从指挥 列车绽放笑颜
我是威慑的力量
让违规者守法 让胆敢"作祟"的人闻风丧胆
我是友爱的春风
为知路 用路 爱路 护路的人送去温暖
我是铁道卫士啊 我是护路队员
千里铁道畅通 万户平安团圆
这是我全部的职责啊
是我最大的心愿

夜深了 夜深了

队长换下了我的班
隆隆的列车从营房前疾驰而过
几列 几十列……
每到这时 我才乐得酣畅 睡得甘甜

我知道这是对南方冰灾的支援
重载的列车加开到极限
总书记就在大秦一线指挥啊
就在我们护路队员的身边

难忘 奥运盛会的成功圆满
也有我们一份辛勤的汗滴
新中国六十华诞庆典
也有着我们默默的奉献
难忘 国庆安保进入倒计时
全体队员都放弃了休假
在中队整整驻守了四十天
因为省和市县的领导跟我们在一起
因为护路联防各方的首长、同志和协管
跟我们心连着心 肩并着肩
你看隧道里 铁道边 巡护者矫健的身影
你看高架桥上雄鹰一般翱翔的我的伙伴
你听营房里的欢歌
你看帐篷里的灯盏

那一双双警惕的眼睛
那一张张欣然的笑脸

都是舍小家为大家的情怀啊
都是为了更多家庭在中秋节团圆

三、荣誉和祝愿

荣誉室里的奖牌闪烁着耀眼的光环
她承载着护路儿女对祖国的忠诚　对人民的爱恋
工人先锋号的旗帜在每个队员心头招展
她忠实记录着我们也有的苦衷　无奈和辛酸
也鼓舞着我们以苦为乐的劳作　克服困难　勇往直前

其实，没有更多的奢望 投身护路战线
自从选择了这个事业 这个岗位的那一天
作为一名平凡的也是光荣的护路队员
我们就视这份职责 为己任
就把祖国强大 社会和谐与青春的生命紧紧相连
这就是我—— 一名普通护路队员的新春感言
祝大家节日快乐 愿诸位身体康健
也祝福铁路护路联防事业
永远是美好的春天

2009 年 12 月 27 日 三稿于铜锣湾

【创作背景】

　　赋闲的几年间，曾帮助负重的企业做事、为新兴的行业装点……在光辉同志主持下，编撰了《路在脚下，爱在心中》一书（中国青年出版社出版）。让我走近一个陌生的群体，认识了一群每日"上路巡线、吃住路边、迎风冒雨、肩负重任"的青年，他们的名字叫作——护路队员。

第五章

春天的思念

  2010年正月十五刚过，省城举办了一次盛大的诗人聚会，居然也通知了我。这是我第一次被人邀约——以"诗人"身份参加诗人的聚会。

  一想起身边那些为了生计和前程，背井离乡甚或远走天涯去闯荡、去打拼的青年，就茶饭不思、夜不能眠。于是，在聚会的前夜写下了这样一首小诗。

  因事先没有安排在会上朗读，结果却得到了最好的安排——主持人、朗诵协会秘书长李同生，在诸位诗人和朗诵艺术家众目睽睽之下接过了这片"春天的雪花"，于会上欣然诵读……琴师也跟着随意弹奏起了一支完全没有过合练的曲子，但大家都听出来了，是《雪绒花》。

春天的雪花
——即兴于省城诗友会

无论是东风还是西风
都不要吹打吧
就让这正月里的雪花
慢慢地落下
落在河边
落在山洼
最好落在火红的灯笼上
罩住那薄薄的灯纱
不是为了来年的收成
却是一份对着外乡的祈祷
对着依旧在打拼的 孩儿的牵挂

麦子熟了 是千百年来农民的喜悦
而今满目金银谁又会在意地里的庄稼
无论德意志那边的青年安德烈
还是在水一方的台北的女作家
追随的依旧是心在何处安放？
地里的种子——何时
才能发芽？！
只因钢筋水泥的城郭缺失了灵动的河流
只因托举草木生灵的山峰——

不再挺拔

无论是东风还是西风

都不要吹打吧

就让这春天里的雪花

慢慢地落下

元宵节过了 或许就能少了

少了这一份牵挂

因了这季节已悄然地驾临

也因了这美丽夜晚的福音和祝愿

——

诸位诗友之灵性才华 将化坎坷为通达

这是一种让我们不再泪流满面的力量 叫作秋实春华

……

风儿 请不要吹打吧

就让这雪花慢慢地落下

2010 年 3 月 3 日凌晨

母亲的诗

不受尘埃半点浸
竹篱茅舍自甘心
过尽东风仍勤奋
未到晓钟犹是春

【创作背景】

母亲 1985 年 6 月 27 日永远地离我们而去,她是看着孩子们成了家、立了业、入了党、分了房才走的……我们拖累了母亲一生,她却一天也没有"拖累"我们。

母亲走后留下的诗句——生前勉励自己,去后依旧照耀着我们前行。

母亲的围脖

母亲的围脖——

是记忆中的一条长河

这一头 系着孩子们成长的故事

那一头 连着苦难岁月里母亲勤奋的奔波

……

母亲的围脖——

是那种纯正的银灰色

包容着北国天气的雾霭 贫穷年代的蹉跎

它是母亲唯一的盛装标志 宽厚绵长 就像她的性格

……

母亲的围脖——

是孩子们冬日里的依托

暖一暖冻僵的手臂 听一听心灵的诉说

她是用心用爱 浇灌的花朵 从来就不知啥叫寂寞

……

早已熟悉了母亲出门时的动作

围脖搭在肩上 两端又轻轻地甩在身后

回头 才是那千遍万遍 一样的教诲一样的嘱托

每到这时 莫名的辛酸委屈就挤满心窝 泪水也开始滑落

……

每一次目送母亲出门

都恍如隔世 要永远地分割

怕再也见不到母亲的身影 和那抹

已然融进我们生命中的 亲切无比的银灰色

……
等着母亲回家——
是孩子们无比专注的功课
寒风中的身影在朦胧中吟唱着期待的歌
大的背着小的 二的拉着三的 度过他们神圣的时刻
……
我们是母亲的一群破孩子
是她的拖累烦琐　也是力量和寄托
母亲以巧手雕塑的伟人像屹立在广场中央
也用心将圣母玛利亚镌刻得栩栩如生光芒四射
她更用其心智 倾情倾力 把她的每个孩子培养雕琢
……
母子之情 海深天阔
那是血脉中 不变的承诺
孩子是母亲捧在手里 托在指尖的花朵
母亲就是孩子风雨中前行的护佑 是心中的太阳永远不落
……
有一天 母亲走了——
真的和我们永远地分割
留下的只有那条 空谷幽兰般的围脖
围上它的时候就想起了母亲 想起母亲的时候就泪眼滂沱
……
我多想 再回到童年时刻
等着母亲和那无比亲切的银灰色
任凭风暴旋涡 用爱感悟——有妈的生活
无论贫穷饥渴 用心聆听那远逝的岁月里母亲的
话语言说

（歌词）

纵然是一次的相见
——央视青年歌手大奖赛获奖歌曲

作词：丰小平　作曲：管小军

晨风拂过的时候

我就是河边的青草

晚霞飘逝的时候

我就是天边的星辰

不要踏遍远山地寻找

我感悟着你真挚的关照

不要望穿秋水地期待

我挥洒一线柔光把你照耀

相逢总是心底的呼唤

相逢总是永久的期盼

回来，回来

纵然远在天边

只愿，只愿——纵然是一次的相见！

风雨兼程的路上

我是你温馨纤小的行囊

辗转难眠的夜里

我是你不愿释卷的诗行

无须感叹岁月的悲凉
也曾尽情地袒露义胆衷肠
无须怪怨人生的凄苦
也曾呼啸着激昂启航

相逢总是心底的呼唤
相逢总是永久的期盼
回来，回来
纵然远在天边
只愿，只愿——纵然是一次的相见
呵——
只愿，纵然是一次的相见！

2002 年 7 月

【创作背景】

　　卉卉走了，那次"南京空难"……她离开我们 26 年了。她的两个"徒弟"——已然都升职、提干的"空姐"——晓晴和旭红，每年都如约看望卉卉的父母，就像看望自己的亲人一样，从未间断。这是一种怎样的情缘情义？我无力，也无需赘言……却跟卉卉一起永远定格在我们心中。

我的前辈　我的父兄

一

我的父兄

是力量的象征

有着山一样的脊梁

水一般的柔情

扛枪能打仗　捉笔著丹青

……

从士兵做起到陆军中将的祖父　战功赫赫

抗击倭寇　横刀立马　耀祖光宗

从排字、校对起步到报馆总编的外祖父

小说连载　天天见报　杂文随笔名冠京城

二

我的父兄

是我心中的英雄

保家卫国——

跨过鸭绿江　浴血奋争

敢叫世界上最强大的军队退兵

三尺讲台——

授课讲习　枯燥的课程也演绎出生动

琴棋书画　见证大家文化传承

刀光剑影　方显铁血柔情

三

我的父兄

像宽厚和暖的春风

困难时的哺育 成长中之启蒙

风雨袭来,你就是遮风挡雨的屏障

坎坷泥泞,你宽厚的臂膀呵护着我们前行!

当然也有,也有啊

"失意"和"悲情"——

严苛的管束 常常叫我泪流满面 忍气吞声……

父兄们眼里"恨铁不成钢"的惩罚 叫我埋下了

"君子报仇、十年不晚"的

仇恨的火种

……

可他们却没有记恨 波澜不惊

一如往常 乐观而平静

手里总在忙活折腾

为事业奔忙

也为他人救急 接应

做着那一份永远也做不完的事情

四

在别人眼中,我们是一个和谐的大家庭

历经了北平城南旧事 也聆听过

松花江温柔的波声……

过往的日子——

乐观而向上 民主又平等

都是因为有你：
山一样的脊梁 水一般的柔情
想念你，我的父兄——
我心目中永远的
英雄！

【创作背景】

我的祖上、我的父亲，我的一父两母的姐妹弟兄，他们身上有着近乎相同的传承秉性：勤劳智慧、勇于担当、多才多艺、乐于奉献。统称为"父兄"的他们，是我学习的榜样，是人生路上的航标和明灯……

我们的清明

我们的清明
像一个节日，那样神圣
期盼良久 采买丰盛 欣然而轻松
两边的亲人会聚一处 释放思念 畅叙别情
没有眼泪 没有悲恸——
祭扫的日子，也有朗读吟诵 也有笑语欢声
言说母爱襟怀 回味父兄旧梦
重温教诲 面对人生！
……
我们的清明
是一次久别的相见
远隔千山万水的重逢
思念母爱容颜举止 回味亲人嘱托叮咛：
闻青草气息 握花语音声
大好春光——
正好去踏青！
……
我们的清明
清白明朗 春露花红
不忘祭祀之重 感恩永记心中
——
那边亲人来聚 这厢倾吐衷情
岁月时光终归去
情系一家亲
也盼我清明！

想　妈

有妈的时候不着家
满世界奔波玩耍
更美其名曰：
男儿要闯天下
……

饭菜热过了几回
窗帘一晚也不拉
望眼欲穿地等待　等我的
是妈
……

夕阳西下
月光又倾情挥洒
有一点儿动静　都会叫醒她
转瞬的喜悦或失望　是妈的牵挂
……

不是儿子——
是隔壁邻居捎回了一句话
今晚不回来啦
住同学家！
……

想妈的时候　妈已走了
妈没了　却时时想家
在空旷的四壁

找妈——
泪如雨下
……

妈的身影 妈的气息 妈的好闻的秀发
恍如就在家里 就在眼前说话：
囝儿呀 妈不怪你
好男儿就该游走天下
妈总是这般庇护自己的孩子
叫别人生出几多嫉妒 甚或是笑话
……

妈就是妈
初心不变
依旧关爱有加
纵然不在身边 也能觉到
妈妈的护佑 和她那永远的牵挂
……

妈没了是儿子的罪过
是不孝 是犯法
儿知罪了
可上哪儿去找妈？

故宅小院

不再单一地
为金钱去奔波
权作生计有了着落
亦不须顾及爵位的显赫
因为有了骄傲的人格……
忘不掉的总是旧有的真情——
楼厦掩映 小巷依附
是我远久且亲切的故事
是我永驻心府的长河……

1994年3月
年届四十有感于故宅小院

【创作背景】

有妈才有家,没妈家就没了。
这是孩子真切的感悟、无边的苦痛;
妈是家的标志,家是院儿的魂灵——
是成长的摇篮,是休憩的港湾,是力量的源泉,是亲人的叮咛……

——作 者

第三部 03
夏之韵

每个格子里是一颗晶亮的珍珠,你以缕缕的情丝,穿缀它们。那不是饰品,是真情的结晶;那不是肆意的宣泄、无聊的呻吟,那是你生命的作坊,是你神圣的使命。

——张 波

第一章

美丽家园

一个大写的爱，或许能诠释他们的初心爱意——
爱眼前的荒山河流，爱脚下待开垦的土地
爱攀爬的乐趣，爱征程上的智慧汗滴
也深深爱着 改变了模样的家园
爱着人们真情流露的欢喜
……
这爱的韵律
一如夏天的火热
来自奋争儿女的心底

美丽的西山

一

西山原来是这样美丽
去的路上还飘着密集的雨滴
可到了山脚下 雨就停了
幽幽的风又带来树和青草的气息
……

西山是一首诗——
爬上"狼坡"你就会知晓
放松了的身心 在绿色的环抱里
迎着徐徐山风 你就想唱 就想跑 就想飞
……

末了 还想问——
问树上的小鸟
问林间的小溪
也会追问我们自己……

二

那些没有路的路径呢
那些杂草丛生的山坡上的垃圾 草皮
还有战乱、动乱之后，常年颓败荒芜的伤口
还有私挖滥采、疯狂掠夺之后的 如弹洞一样的
淌着鲜血的痕迹？！

九院村啊，中华民族版图上 一个小得不能再小的村落
你见证着 你忠实地见证着这里的变迁与非凡经历
狼虎山啊，你何以变成了眼前这俊俏的模样
要沟沟坎坎为你感叹 要山山水水也
为你欢喜！

三

一位在九院村长大的名叫金桃的婆姨
还有着当初"除了荒坡还是荒坡"的苦痛记忆
……
那一年——
机声隆隆，唤醒了沉睡的土地
山地上是挥汗如雨的人们
头顶是飘扬的赤旗

当年治理"小煤窑""打黑队"的将士
刚刚脱掉了打黑的战袍又匆匆披挂起
向"狼坡狮子崖"进军 宣战的
征衣……
看到了今天的景象 我就想起了昨日的你——
"母亲送儿打东洋 妻子送郎上战场"
——这久远的抗日歌曲
仿佛描述着"万柏林人"打造美丽西山的壮阔场面
也正言说着"西山儿女"在改变家乡面貌时的
决心和勇气……

四

有人把家里的三孔窑洞无偿捐给了政府
有人日以继夜培育新苗 养护绿地
全家老少 一起参战
夫妻双双 同心协力
……
狼坡啊——
不知是你狰狞的魅力感动了上苍
还是今天无比精神的中国和忠勇的人民
成全了你
……

五

九院河清 汲水泉碧
廊亭环绕 唐槐连理……
如今的圣境古迹 不仅还原着"修旧如旧"的自然风貌
也晾露着"北方的狼"的坚韧、挺拔、不屈和神奇
我咬着冷冷的牙，报以两声长啸——
只为那传说中西山的美丽……

六

灯火阑珊，星光和灯光交相辉映
繁花似锦，人类与自然惺惺相惜
这便是今日的美丽西山
这便是眼前
"狼坡"的魅力——

在中秋的清澈如水的月光下

在人们恬淡的 又充满憧憬的笑颜里……

【创作背景】

  小时候生长的城市有东、西两座山。东山近些，记忆中的东山是我们一群孩子结伴而行，沿着杏花岭一路上坡爬山去"挖甜草根"的乐园。而西山远点儿，你得走过桥下流着湍急河水的汾河大桥，再穿越那一大片冒着黑烟的工厂和望不到边际的农田，才远远地看见连接天宇、神秘无比的辽阔的群山——大西山！（当时的河西区如今已然覆盖着晋源、草坪和万柏林三个区）

  西山去得极少，原因又极其简单——据说西山没有"甜草根"。孩子们说的话，又是说给孩子们听，那个时代单纯得也像个孩子，一听一个准！于是，我们便不去西山。

  长大了，听说西山变化很大。受人之约要写写西山，来者是位足智多谋且真诚有加的袁部长。他说"一个晚会急用""上边要求高，诗稿已几易其主""你老兄可谓临危受命"……其实，在他客气的当儿，我的心早已飞回了儿时的记忆，也盼着早一点儿启程，走近梦中的西山。

纵情西边山
——西山生态建设主题晚会（舞蹈专场）

一、祈雨

夕阳西下时，坐落于大西山一隅的龙泉寺，身披万道霞光——历经六百年风雨飘摇的佛家道场，一直护佑着这里的村民百姓风调雨顺、居享平安……

二、绿染

大地在春意中蠕动，万物在滋润中生长。昔日沙尘满目的垃圾山，如今葱茏翠绿的生态园。昨日西山儿女辛勤的汗水就播撒在这里……

三、卿卿

千年古槐、连理相惜，恪守着最初的誓言
百年风雨、不离不弃，见证着这片土地的爱恋
狼坡圣境的夫妻槐呀，众多游客览胜西山 流连忘返

四、望月

如水的月光倾泻在静谧的西山
把"邀月阁"映衬得更加巍峨壮观

"邀月"——在中秋十五的夜晚
"祈福"——在这绿色浸染的西边山!

五、隽秀

上沐天光,下接地气,咫尺天涯,守望着希冀
慧眼识得一线的天空,沧海桑田造化了西山的峰险奇迹……

六、踏春

因地制宜,让园林装点城市
巧夺天工,让锦绣赞美生活!
在家门口的花园里散步,于街区中的园林里休闲……
安居乐业,谁不说俺好家园……

七、传说

原创舞剧《美丽的西山》片段 再现眼前
"问世间情为何物,直教生死相许?"
一双大雁生离死别的凄美爱恋
诗人元好问之《雁丘词》
吟诵了千年
……

八、花吟

荒山绿了,山桃花开了
家乡的梦都沉浸在这红艳艳的
收获的季节里……

九、风情

依山造景，天人合一
"偏桥沟"一隅的别墅区
悄然崛起——
为这沉睡的深山装点
也为美丽西山 平添了无限生机……

尾声《西山、西山……》

西山是一首诗
西山是一支歌
西山是一种爱
西山是一片情
——
在中秋月圆 合家团聚的时候
祝福家国和谐幸福，人民吉祥如意！

【创作背景】

　　俄国文艺理论家车尔尼雪夫斯基说，没有生活原形或者现象，就没有艺术创作的源头和灵感。

　　亲历了改造西山指挥作战、勤勉作为又多才多艺的张齐山同志，是我所见的领导中文艺天赋不可多得的一位。他提出"唯民唯实"的主张，就镌刻在办公楼前的照壁石头上，与大家一道诚勉。在讨论一场晚会主题名称、秀才们黔驴技穷时，他叫人送来一张字条："我想了一个，《纵情西边山》不知可否？仅供参考！"

　　《纵情西边山》——似这样颇具文化底蕴又充满诗意的主题，实属神来之笔，叫我等豁然开朗，也为省歌导演赵琳编导的舞蹈专场，增色不少。

(歌舞剧)

雁妮和雁戈的故事
——(主题歌插曲)

序 歌

淳朴民风——
滋养一段忠贞不渝的爱情故事
秀丽山水——
谱就一曲情比天大的生命壮歌
……

插曲之一《西山儿女情》

雁妮：
我本是九院村农家女——雁妮
与后山郎君雁戈两情相许
无奈，天有不测风云
人有祸福旦夕
我为逃婚途经汾河滩
被猎户射中，垂死在囚笼里
你为爱不肯离去 久久地
盘旋 哀鸣 哭泣

最是那惊魂一跃，俯冲坠地——

与我紧紧相随

紧紧相随

……

《雁丘词》悲歌 歌一曲

魂兮归来 仍作伴侣

化身大雁——

雁南飞

……

雁戈：

割舍不下的亲情，叫我一心向北

魂牵梦萦的家乡，让你潸然落泪

天南地北双飞客

振翅寒暑几回

寒暑几回

合：

西山啊——我的爹娘

来生还做 还做

你的儿女

……

插曲之二《哭泣与奋争》

啊——

问世间情为何物

情为何物 情为何物 情为何物？

直教 生死相许！

这情——以青春生命铸就

这爱——用忠贞热血染红

……

你是天的使者

你是地的精灵

你是情的归宿

你是爱的象征……

你就是西山儿女的化身

鼓舞着我们不再哭泣

为家园的崛起

不屈奋争

……

插曲之三《本是同根生》

男：

你我同是西山好儿女

先辈留下青山绿水 文化古迹

天空才风调雨顺 大地才神采奕奕

女：

不能叫草木枯萎 河水断流 亲人哭泣

勤劳善良 传承美德 我们的家乡才永远美丽

父老乡亲啊 我的姐妹兄弟——

合：

本是同根生 相煎何太急

我的姐妹兄弟

……

插曲之四《美丽西山我的家》

美丽西山我的家
低碳经济美如画
山水尽在春风里
石头结果又开花
不说谁的功劳大
不论谁的手艺佳
都是西山好儿女
一心一意兴国家

情系河山
游览散记（短诗一组）

2007年春节过后，应建生老弟邀约去吃"开河鲤鱼"。驾吉普路虎沿黄河"河保偏"（河曲、保德、偏头关）又陕西府谷，说是走三五日返回。

沿途望着不断闪现的滔滔黄河水，雪野中茫茫的芦芽山，就有了寄托情绪的冲动。

春到黄河

开河时分过雁门，
铁马雄风闹早春。
三地盛情关不住，
两岸胸襟说母亲。

夜半踏浪再寻梦，
风急水险有叮咛。
苍天总是降大任，
男儿荣辱系一身。

注：夜里下榻府谷梦见已故亲人，又有了后四句。

登芦芽山

取道雪山登芦芽，
满目银白云端挂。

都说自古蜀道险，
怎堪而今晋路狭。

龙虎呼啸男儿霸，
平生气度晾大咖。
忽闻农家炊烟起，
众口一说夸铁马。

注：1. 龙虎者，两位同行的司机名字恰叫龙龙跟虎虎，驾车于雪山行驶之胆识；2. 平生却是指我和建生，所谓"大家气度"是说遇山道奇险而不惊，其实惊也无奈罢了。

攀韶峰

风急雨冷攀韶峰，
云封雾锁见仙境。
一代伟人虽作古，
共和救星又显灵。

岳阳楼

岳阳奇景数阁楼，
更有小乔掩风流。
概是文章做得好，
神笔引来后人游。

岳麓山

岳麓山上君爱晚，

湘水岸边立书院。
学子佳人云集地,
歌舞生平在湖南。

席小军友和一首

屈子今安在?
晚亭少人爱,
湘江仍北去,
求学岂楚才!

注：读着小军这格律严谨的诗文绝句，又想到他亲切的面容神态、满腹经纶的话语言说，最是那一声"长笑"——充满魅力与特点的、大家都熟悉的狂笑。一想到这些，兀自不禁失笑起来：小军兄弟如在当面吟诵，这首诗的频次节奏就像"吵架"一样，难得难得！

洞庭湖

八百烟波是洞庭
岳阳奇景天下名
只因通途低且矮
同为帝王两重风

2007年9月5日　整理于工作室

【创作背景】

2007年4月间，应学生范阳之邀长沙小住，先后游览了韶山冲、岳阳楼、岳麓山和洞庭湖，有诗为证。

登庐山

风雨飘来瞬息停，
云雾山中通幽径。
湖光山色诗文好，
杉树翠碧草更青。

自古将相惜别处，
雄才大家也留声。
世事沧桑如昨日，
庐山面目浑又清。

2011年6月18日
于庐山大林路西湖宾馆

感慨井冈山

红色七月井冈行，
旧貌新颜总关情。
黄洋界上留个影，
赤旗漫卷人不同。
吃喝游玩时尚风，
功勋大炮进京城。

唯有山河情不改，
铭记英烈建奇功。
千里罗霄作见证，
五百井冈青春颂。
先烈洒血作鬼雄，
素面朝天映碧空。

2011 年 6 月 20 日

【创作背景】

难有机会登庐山、上井岗，那一年跟随希望办同事红色之旅，了却了心头这个愿望。

第二章

青联，有我的爱

已经过多地收进了有关对青联组织的"爱"，
这是生命过程中一段不可多得的记载；
不是放不下这些显出古旧的篇章，
是丢不开无法复制的情怀。
有些重复之嫌的话语，
不是轻浮的"显摆"，
恰是为了忘却，
为了未来。

相　信

与青联一起走过了三十年
相信了——
时光远去　无法改变
纵然你两鬓的白发可以染
纵然你脸上的皱纹也可以美颜
其实，青联人从来就不需乔装改扮
对群体的爱　一天也没有、没有离开我的心间

与青联一道走过了三十年
相信了自然界的天荒地老、世事变迁
纵然你放不开这双手，纵然你还珍藏着许多眷恋
我还相信了——
这个地位并不显赫的各界青年的组织
仍在路上
高举着团结、爱国的旗帜
凝聚着民主、进步、自由之心愿
浇筑着崇高，维护着尊严，播撒着爱恋
……
这就是我，一个老委员"相信"的理由
因为我看到了三十年后的今天
委员们友情如初
年轻依然
……

歌从黄河来
——山西经典民歌交响音乐会

序 歌——

《什么人留下这一首首歌》
……

第一章 山河赋

雄浑的太行山

绵长的黄河水

哺育了三晋大地的儿女

浩浩的岁月

悠悠的风雨

结晶了人们炽热的情感

孕育出淳朴又美丽、粗犷又深情的

乡韵山曲

这是人民的歌、民族的歌

它亲切地伴着历史传流在一代一代人的心中……

今晚，我们以交响音乐会的形式

将一批经典的山西民歌奉献给在座的各位

从这些久唱不衰的歌声中

您会感受到生活的微笑、高原的呼吸

民族坚强乐观的品格和追求美好的生生不息

愿今晚的演出带给您

美的享受、美的情思、美的启迪……

第二章　儿女情

世世代代人们在这片土地上耕耘

播撒着汗珠和爱情

也播种着未来的希冀

巍峨的山川

哺育了黄土地上的民众善良包容的性情

悠长的河水

生发了黄河儿女的真挚情感

那一首首情歌

无不表现出爱的淳朴、执着与率真

就如同太行的山花一样烂漫

杏花村的美酒一样香醇

……

第三章　英雄传

山西是革命老区，在艰苦卓绝的战争年代

山西人民英勇善战、无畏支前

为中华民族的独立解放做出了重要贡献

那些为国捐躯、倒在血泊中的将士和他们英雄的名字

留在了一代一代中华儿女的心中、成为永远的记忆

那一首首记载着军民鱼水情的悠扬歌曲

那一篇篇来自抗战前线的震撼旋律

那"跟着共产党不变心"的

忠诚热血、坚定誓言——

至今仍回荡在黄河两岸

太行山间

……

第四章　欢乐颂

我们用辛勤的劳动、深沉的爱

创造着美和欢乐的世界

啊——元宵节

高原的狂欢节!

多么火热的情怀

多么绚丽的风采!

它展示了人民的欢乐、民族的欢乐

它将鼓舞我们去创造一个更加美好的未来!

……

尾　声

因为爱——所以专注,因为责任——所以传承

是民歌——让生疏变得亲切,让平淡化为神奇!

当春天向我们走来的时候,我们用心、用爱编织了民歌的花环

——献给您,献给民歌的春天!

【创作背景】

民歌,坚守与传承

质朴之情,唱响震撼民族之声;表里山河,演绎千年大爱文明——歌唱家牛宝林、陕军都曾是青联委员,如今又成就非凡,成了演艺界的领军人。我们在青联相识相知,又有了如下之合作,不

亦乐乎。

　　这是作为撰稿人的我，在亲历了打造"山西经典民歌音乐会"的艰辛过程，也见证了作为艺术总监、男高音歌唱家牛宝林执着、敬业的工作精神之后的感慨。省歌舞剧院附近一间不算宽敞的屋子里，两位有着"少将"军衔的作曲家景建树、张坚，反复弹奏或吟唱着改编的曲目，剧院的书记常喜刚转换角色做起了后勤保障，又两位夫人——有影响的实力派歌唱家刘亚男、邓欣欣等人，只能在完成使命之后"打下手"了，一干就是小半年！

　　"一个人干活儿，八个人伺候！"这本是在灵丘县史庄乡下乡，大队长席小军见我用毛笔撰写扶贫攻坚计划时寒碜我的话，用在这里也不为过吧。跟这些有名望有实力的"大咖"一起干活儿受益多多，但也少不了受某些人"磕打"，比如，艺术总监……好在先苦后甜，这台音乐会成形呈现后，在专家和观众眼里好评如潮，人们说，想起了著名的"黄河三部曲"（《黄河儿女情》《黄河一方土》《黄河水长流》），也看到了山西民歌传承和光大的希望。

古风晋韵
——历史歌舞剧《帝尧颂》

被坊间誉为"山西金嗓子"的女高音歌唱家陕军,曾风靡乐坛。如今转身大学教授的陕军连续导演了几场舞台剧,也获得好评。在执导大型历史歌舞剧《帝尧颂》时约我撰稿,于是,便于河东大地见证了陕军的导演风采,也为那段"中土之国"的历史起源而赞叹。

第一幕　上古沧桑

(时光老人,画外音)
浩渺的历史 像一幅写意的山水
淡雅中 描绘出人类智慧的重彩浓墨
悠悠的岁月 如一架典雅的古琴
悠扬里 演绎着人类创造历史的不朽壮歌!
……
让我们跟随历史 这厚重且沧桑的脚步
回眸古老的民族已然走过的五千多年
捡拾,悠久而辉煌的历史碎片
记忆,闪烁着智慧光芒的精神
那时——
茹毛饮血 捕捉野兽
刀耕火种 广种薄收

那时——
在没有历法 不知季节的日子里
吃饱肚子也成了人们最大的生存奢望 难题
……
山川在沉思中振奋
万物在顿悟中进取
生命的洪流不可阻挡……
浩浩渺渺的五千年啊——
每一程岁月 都充满着人类殷切的希冀和奋争
每一页历史 都记载着人民对帝尧的声声呼唤

第二幕　击壤春秋

时光老人：
霞光千道 雷霆万钧
中国第一个帝王现世
——
据《史记》称帝尧：
其仁如天，其知如神
就之如日，望之如云
……
是自然的巧合
还是上苍的安排？
先民们还没盼来过好日子
一场铺天盖地的洪水却席卷而来
当世纪性特大水灾来临
在"浩浩洪水，怀山襄陵"之情势下

雄伟高大 体若山峰的帝尧方显出英雄本色

他带领百姓与洪水做斗争
继而引领民众转道向中原高地的"陶寺"大迁徙
……
真乃 犹如神助一般——
陶寺果真成了五谷丰登的好地方！
人们从饥肠辘辘 到丰衣足食
帝尧从观测天象 到敬授民时
带领先民把种子撒在万物复苏的春季
使禾谷有了生根、发芽、结果的大丰收的秋天
哈哈，一个丰衣足食的新纪元从陶寺阔步走来了！
正是：
一曲击壤歌，唱不完劳作与生活的快乐
千古颂扬文，说不尽帝尧予百姓的恩德

第三幕　礼乐大章

时光老人：
天文地理……
人类认知了四季 在亘古不变的大地上轮回更替
山川秀美……
大地赋予了人们树木与河流一般灵秀的气息
创建国家……
礼乐仁义治天下 文明初兴享太平
协和万邦……
百姓衣食丰足 生活日月绵长

太阳出来了——

丁陶的天地不再是荒蛮的世界

陶寺的文明之光也不仅照亮了陶寺

在周边的先民眼里也无不向往

——

有人来了，带走了饱满的嘉禾

有人来了，带走了播种的节令

有人来了，带走了耕种的耒耜……

一个个部落联盟演进成了地方性的国家

方国林立 像葵花朝阳一般簇拥着帝尧开创的国中之国

中国就这么成型了，诞生了！

划定了九州——

用行政格局代替了林立的部落联盟

文明的华光——

就从这里喷薄而起 照亮四方！

虔诚的祭拜

为中土之国的起源山呼万岁

心灵的祈祷

让人类和万物 和谐统一 共生共荣！

百鸟来了 鹿仙女也来了——

她和帝尧心心相印 结亲成婚

他们美满的婚姻也成为千古之绝唱！

正是——

美妙的《大章》飞扬着古老中国的万般气象

这气象就在九州的摇篮里生生不息 茁壮成长！

(新作)

万　物　生
——写给襄汾

太阳升起暖
月亮如呀水呀
四季有晴雨昼夜分黑白呀白呀
田间传来号子叫人劳作呀歇息呀
门前流过的河水在风中，鼓动波浪
我看见山水间是你膜拜的形影
一片雨打的树叶落在丰饶土地
两只行走的脚印沾满黄色气息
风调雨顺，华夏大地颂咏着远古传奇
……

新编《康衢谣》

微服私访走康衢
童叟歌谣述底里
百姓乐业又安居
啊……
不识不知顺帝则
立我臣民
莫匪尔极

骨子奔腾中华血
禅以天下做口碑
指尖千年奏雅乐
啊……
天若有情
也颂尧帝

第三章

青春笔记

  一度时期，好友赵欣、王兆麟不时地约我为他们的语言类节目写一些诗稿，我允诺后提出一定得先去体验采风，绝不闭门造车。应该说是他们带我走进了更宽广的领域，包括医院、企业、高校、公安，及至走进了"高墙"……感知了更多的行业和人群。

(叙事诗)

漳村人印象

序诗

开一树浩荡青春

燃一把激情火焰

彰显一支创业的团队

言说一群有为的青年……

漳村,在共和国广袤的土地上

放大了说 也只是一个顿号、逗点

然而,在大中华与时俱进的青年军团中

漳村焦化厂的创业者却用实践演绎着青春的宣言

一、走进漳村

走过纤尘不染的门楼庭院

我惊异于这里原本是跑火冒烟的冶炼前沿

穿过已然被人们遗忘的昨日 废墟一般的 断壁残垣

我惊诧于这方重度污染的煤焦基地——

如何呈现出工业文明的绿树蓝天?

感慨中的忧虑 焦虑后的欣然

重叠成一种又一种迷障

升华成一个又一个震撼

漳村——

版图上没有 也名不见经传

你却以磅礴之气势 展示出新好的容颜

二、昨日重现

同样瓜分着不再的资源
同样掠去了人们的血汗
绵延数十里的火舌黑烟
是家乡父老的无助与心痛
也吞噬着，故乡山河的尊严！
——
"等外煤焦"是市场赐予他们产品的"标号"
"三流小厂""品种单一"的尴尬
晾露着他们 勉强上市的汗颜
焦炉吞进的原煤、炉料
连同汗水和声誉一起
焚烧殆尽 有去无还
……

三、激情创业

20世纪末的最后
一个冬天——
乘东风飞来报春的头雁
几经复苏 又尘封的土地被唤醒
人们脆弱又顽强的希望 也被再度点燃！
凡事信为本 万事开头难——
把简单的事做好了，就是不简单！
把平凡的事做好了，就是不平凡！
谁能说，这平实的语言不是治家的法宝，

这大白的实话不是经营的理念？
把这标语书写在墙上的人
也把他融进了心里
变成了漳村人
行动的誓言

四、逆水行舟

一条条建议和意见
一个个蓝图和方案
工人和技术员坚守在现场
领导和专家就驻扎在炉前……
第一炉优质焦出炉了 一次性通过了国标大关
漳村人脸上，从来没有流露过这样的喜悦
心底也从未流淌过如此的甘甜！
因为吃过了太多的苦头——
才绽放出如此的笑颜
因为冬天驻留的时日 太久 太久了
姗姗来迟的春天 忽悠一下
就来到眼前！

五、伟大和平凡

漳村人永远也不会忘记——
是谁啃着干粮急切地送出了承载着漳村人希望的
国标优质焦炭？
为漳村煤气化人讨回了应有的尊严！
是谁碾压着冰雪拉回了第一车肥煤 填进了吐着火舌
嗷嗷待哺的高炉？

叫燃烧的炉火映红了守望者的笑脸……

美化生态 治理污染

数字管理 科技领先

厂容厂貌 一年一变

职工收入 几载一翻

老百姓心头都有一杆秤：

任何一种伟大都是来自平凡！

尾 声

如果有一天 你走得太倦

你的事业 我的祝福 就在你身边

如果有一天 你失去了青春的韶光容颜

你会说 无怨无悔

我会说 此生无憾——

因为你把毕生精力献给了家乡父老

也早已把火红的青春 融进了祖国煤气化事业的美好明天！

1999 年 11 月

【创作背景】

　　红日照遍了东方，自由之神在纵情歌唱……这首充满着革命浪漫主义激情的歌曲，从抗战时期到如今已然过去 80 年了。"母亲叫儿打东洋，妻子送郎上战场"的感人情形，依旧鼓舞着与时俱进的太行儿女，于漳河两岸续写着"绿水青山"就是"金山银山"的热爱家乡、建设家乡的动人故事。

　　这首叙事诗，写于 20 世纪最后一个冬天。在采访中，厂长详细介绍了来自工程技术人员、老师傅和一群青年人十分感人的事迹，唯独不谈他自己。还特别嘱咐我，这篇作品中不要出现他个人的名字……但一定要记住有一群人曾在这里立下誓言：宁可不要"利润翻番"，也不能叫污染毁掉我们的家园！

久而久之，当时的采访笔记遗失了，也真就记不起了这位领头人的名字。好在，这些个依稀存留的诗稿，还有王兆麟、马晓红两位朗读艺术家留在那片土地上的声音——成了唯有的、也是刻骨铭心的记忆。

第三部 夏之韵

那一天
——见证一个金融企业的成长

序 篇

那一天,你把欣然的喜悦 记在心里

顾不上看一眼 这北方城市飞来的春意

那一天,你把真挚的祝福写在留言的板壁

同南来北往的人们一起 关注着一个新的主题

你们毅然伸出了青春的手臂

按下的启动键,正发布着

一个振奋人心的消息

点亮的是"民族品牌"于三晋大地上沐浴春风的崛起

感悟你的风采

这是一个庄严的选择

因为,从那天起——

集团冲锋的历史 单兵作战的游移

都将成为过去……

当新一页历史翻过的时候

你跟你的团队一起出发 搏击风雨

肩负着转型、跨越发展使命的"晋商人"

向着共和国最具影响力的"上市银行"发起冲击

这注定要成为一个
可以告慰先人的历史时刻
因为,从那天起——
晋商精神得以在古老的三晋大地传承延续
一个服务山西 面向全国 走向世界的现代化银行
正以其资本充足 内控严密 治理完善 服务优良的崭新姿态
见证着风云变幻 强手如林的市场经济大背景下——
谁与争锋的奇迹?!

印象你的标记

千篇一律的格局爆出了新的创意
你的行卡、行名的标识 也一桥飞架历史的今昔
远远望去 你就是迎霜傲雪的枫林——
灰蒙蒙的世界 也因此有了一点儿鲜红的活力
玫瑰色的数字化模块——
是你温柔的虹霓 又像飘飞的战旗
黑色底蕴 才是你秉承晋商诚信之精神
才是你根植山西 融汇天下 服务大众 创造未来的生机

服务地方经济——
你甘做挡风的壁垒 润物的雨滴
为各方客户着想——
有你婉约的细腻 关爱的亲昵
外圆——像你和谐的包容
内方——是你严谨的规矩
逆市飘红 是你快捷又轻盈的步履
转变观念 锐意改革 是你不变的风采主题

感动你的群体

我爱你——
爱你战士的性格 超越的勇气
爱你风清气正 昂扬向上 锐意进取
爱你舍小家为大家的奉献精神
你"三步走"的发展战略
给我们鼓舞 激励
……
无论身经百战的老将
还是初出茅庐之新兵
我要把无限的热情给你当火炬
我要把灵动的智慧 辛勤的汗水献给你

那一天,在"名行老大"的面前
我不再尴尬 终于可以扬眉吐气
因为在这里——
领导和员工就像姐妹兄弟
每一个建议都有回应
每一个亮点都会得以提携和奖励
你给了我生存的尊严 施展的阵地
我要用毕生的精力回报你

聆听你的心曲

你的员工讲述了——
他们在"商行"真实的情怀
你的团队记下了——

那一个个 由他们亲历亲为 而又难忘的事迹
你的文件 你的战略思考 你的五年规划
还有那一串串振奋人心的
已然变成了现实的数据
由美国人玩出的"巧实力"
早已是东方大国演进着的金融文明
也正由你们奏鸣出震撼人心的华章新曲！

见证你的业绩

在你将要又一次起跑 奋飞的时候
我还知道了你的困惑 你的委屈 你的压力
可是你却说，没有！
耕耘者身处暗夜 眼前却永远是晨曦
创业者置身逆境 绝不会轻言丢开 放弃
……
省内网点布局传来捷报
省外拓展辐射胸有成竹
境内外择机上市信心百倍
扶持中小 给力优势 参与重大 服务城乡
铿锵的步履 留下一行行坚实的足迹
鼓舞人心的发展蓝图 切实可行的定位思考正深入人心
成为两千名"晋商银行人"新的征途上
奋勇前行的真实写意

尾　声

在一本叫作《启程》的册子里
我看到了你们"守护誓言"的笔记

仿佛听到了 数千之众在中国金融之前沿阵地
异口同声 发出青春的嘹亮的呼吁——
"我梦想有一天……"
或许是在历经了日夜鏖战之后的又一个春季
还在路上你们 已然创造出不再是梦想
更加辉煌的业绩！

开篇于 2011 年 2 月 11 日
截稿于 2 月 19 日清晨

家门口的医院
——太原市人民医院 120 周年院庆

一

我熟悉你，家门口的医院

可是我并不知道

风雨飘摇中的你 在我们的身边

默默地走过了一个多世纪——120 年！

从英国人办的教会医院伊始到人民医院的变迁

古旧的、深灰色的亭台楼阁透出院落的静谧

白衣白帽被唤作"白衣天使"的医护人员

就在这砖木结构的别致错落的楼宇间

接续传承着"慈惠仁爱"的理念

一座有灵魂的医院！这词

突然就来到眼前

……

二

因为你高贵的血统

白发苍苍的老医生在这里奉献了一生

因为你严谨的学风

豆蔻年华的学子们立志在这里延续新的火种

有人戏称——

你是培养专门人才的"黄埔军校"

一批批精英从这里走出
去往各大医院
施展才能
面对"新大全""高富帅"的兄弟医院蓬勃崛起
我们由衷地祝贺 也会发自内心地高兴
——
因为 我的传承 我的使命
要我们必须具有这样的姿态胸襟
因为 我的前辈 还有关爱着我的患者
要我一如足下这片光荣的土地 传承文明

三

从严治院 披肝沥胆
服务患者 关爱周全
不仅有细心的照料 更有关爱的威严
挂在脸上的微笑 纵然许多年之后
也会让你觉得如初的温暖
……
坚守吧——
我们耐得住"寂寞"
已然习惯了古旧的院风 重复的劳动
因为 我们坚信发展的规律 有暗夜就会有黎明
坚持吧——
我们守得住"贫穷"
纵然经历了 连工资也发不全的尴尬处境
我们也坚信 只有坚实的付出 才会唤来拂面的春风
……

四

终于来到了，这一天
2005年8月骄阳似火的这一天
空气是那样清新 天空是那样湛蓝
全市业务技术大比武 轮到我们"亮剑"
……
你迈着显出沉重但铿锵的步履
在攀爬的路上依旧稳健
曾撒下辛勤的汗珠
此刻却得以报还
——
不仅单项考核一举夺冠
还囊括了全市奖牌的第一第二第三
为你的医院和不再的青春
写下光彩的诗篇
……

五

不停地奋争 良好的人缘
使拖欠的资金开始回笼周转
百折不挠的诉求 务求必胜的信念
感动了政府 争取到政策倾斜百年老院
每一次呼唤 响应都那么迅然
每一回感动 回声都久驻心田
每一步前行 都是一个印记
每一个目标 都是一个新的亮点

破旧的门诊大楼变换了新颜
简陋的病房有了卫生间
服务功能有了拓展
顶着压力 关停了外包的"分院"
……
从医疗硬件上入手维护与改善
从软件上抓内涵质量与服务的外延
人们不会忘记 打了翻身仗的 2009 年——
全院收入在之后的几年中 每年大幅度增长
最好时达到了三十个百分点！
……

六

"博爱 慈惠 为人民"——
这古老又年轻的理念还在你们手中传递
"威仪、大气、务实、严谨"——
这新颖又形象的语言 依然散发着光和热的温暖
你就是一所有魂灵、有传承、有温度的医院！
市立医院——你还在！
这是关心着医院生存的老同志的期盼
市立医院——你回来啦！
这是关注着医院发展的患者们的心愿
市立医院 ——
其实，你 一天也没有离开过
我们的心间

（配乐诗朗诵）

教育的诗篇
——仅此献给特殊群体的人们

一、走进这里

走进这里，走到你们的身边
一种莫名的感动就来到了我的眼前
听到你们的对话，哪怕是上操时的呼喊
一种无形的牵念，就把我悬着的心震颤
你或许是我的同龄，或者是我曾经的伙伴
也拥有着广博的世界，自由的蓝天
可如今——
那一道堕落的雾霭、森严的大墙
将你我青春的人生，无情地分作两边：
一面是披肝沥胆，大爱无疆的管教民警
一面是悬崖勒马接受改造的学员
岁月更迭，你有你真实的收获与转变
青春无悔，我有我付出的价值和尊严
不要说寂寞枯燥的日子没了没完
也不去羡慕哪个职位钱多，哪个比我们悠闲
管教民警——这至高无上的称谓
早已将我们心头如红花怒放的火炬点燃
在祖国的蓝天下我们正在用忠心赤胆

谱写着属于我们这一代人的教育的诗篇

二、你们的企盼

那一天你来了，带着沉重的思想负担
脸上密布的愁云一如天边的乌云在翻卷
四处飘泊的小船，终于有了一个休整的港湾
生活起居有了规律，反思劳作有人监管
从此啊 流淌的血液里注入了新鲜的内涵
青春的生命过程 也因此翻开了崭新的一篇
习学书法 弹奏器乐
参加多种技能的训练——
一个洗心革面的人有了自信、有了新的希望的尊严
那一天你走了 回过头来是含泪的双眼
你把一条信息发给了你的队长、你的朝夕相处的教官
那里边不止是你两年间的感动、收获和历练
更有着惜别和励志的感言——
你说你要回报社会！
因为，你知道只有这样才对得起他们
对得起七百多个日日夜夜里 他们对你的希望和企盼！

三、面对学员

那一天，一名学员闷闷不乐彻夜难眠
母亲患了癌症
做儿子的能不揪心，肝肠寸断
可他不敢想象他的队长还有教导员
"陪他"来到久病的母亲的床前

……

那一天，一名学员痛哭失声

生离死别的时候 他才悔恨连连

父亲去世他却不能守孝身边 又是管教民警

同他一道上路啊——站在父亲的遗像前

……

为了学员自省和转变

你们尽职尽责，心甘情愿

可是自己的家人生病住院却抽不出一点儿时间

年轻的管教民警也只好把自己双胞胎的孩子——

送回长治老家 交给父母照看……

在血与火的搏击中 你冲锋在前

在情与法的考验中 你志坚如磐

春风化雨啊 你溶解了多少顽雪坚冰

浪子回头啊 倾注了你多少智慧情感

向你致敬——光荣的管教民警

不光是你的意志像刀 像剑

不光是你的品格如和风 细雨 流岚

你还有你的团队 你的领导 你的理念

你的付出 你的给予 你的奉献

也都深深地记忆在

祖国和人民的心间

四、我们的祝愿

我该向你致敬啊 我的兄弟姐妹

我的可敬 可爱的同龄伙伴

在这即将迎来新春的冬季的夜晚

我也要为你送上由衷的祝愿——

就让你的故事 你的事迹

连同你的日复一日的真挚情感

随着岁月的长河慢慢流逝 走远

就让你的青春 你的意志

连同你的永远不变的

坚守情怀镌刻在你神圣的岗位和使命中间

因为有大山做证——

你用有限的人生涂抹着无限的人间正道的新颜

因为有历史做证——

你用热血忠诚和赤胆赢得了社会的尊重 人民的爱恋

亲爱的同志啊——

在这辞旧迎新的时刻 请把你紧锁的眉头舒展

向那些为你送来祝福的亲人们呈现出笑脸

亲爱的朋友啊——

在这万家团聚的时刻 请把你眼角感激的泪水擦干

祖国和人民正需要你们在新的征程上勇往直前

五、尾　声

你的职业有着战士的属性

所以，你永远保持着冲锋陷阵的姿态

你的人生有着创新的使命

所以，你时刻拥有着创作的激情 写意的灵感

那么 就创造出我们这一代人精彩的故事吧

——人民的光荣卫士

写一曲青春的歌儿 让青春不老
写一部教育的诗篇 让正义永远
也让我们的后人
和着新年飘飞的雪花——聆听 默念

           2011年1月21日

第三部 夏之韵

忠　诚
——"光明科技"，一个民营企业的三十年路程

一

当我们用心、用力 写下"忠诚"这两个大字的时候
一个叫作"光明科技"的企业已然走过了三十年
当我们用智慧 和着汗水即将步入而立之年
阳光下那丝丝白发 正告慰着青春时代的
步履匆匆
……
只有创业者才能读懂这显出朦胧的诗句
其中的甘苦；
只有擎旗手才会明白用真诚浇灌的花朵
蕴含着光荣！
——
这甘苦留在记忆里 就变成了信誉的本金
这光荣写在心坎上就鼓舞着 光明人一路向前

三十年，对于历史长河只是浪花一朵 昙花一现
青春岁月 也或留下了美好记忆 回味甘甜
可是对于一个企业——
一个民营企业就是奋斗之全程记载啊
就是伴随改革开放 一道走过

荆棘与坎坷 欣然与辛酸

二

务实、忠诚、信誉——光明之生命……
这是电视台天天播送的画面
恍如就在眼前
求索、信念、奋斗——成功之道路！
这是太原人当年都熟悉的名篇
时时回响于耳边……
这出自"光明"创始人之手的经典
被孩子们背诵 被老人们记忆在心间
也成为"光明"人自律、自勉——成长的摇篮！
又何尝不是对着政府 对着客户庄而重之的诺言
也影响了同辈 启发了来者"绝处逢生"的"秘诀"——
岂止是"无识有胆"的蛮干！
从80年代广播级设备批发销售
到90年代现代化办公用品代言
从2000年全新数码科技的引进
到强强联手"奥西快印""光明图文"操盘
……
不要说"光明"发展的脚步有些迟缓
他们务实进取的足迹扎实稳健
不要说"光明"的事业没有突飞猛进的发展
他们始终保持着"专业主义激情"、用户至上的理念！

没有，他们没有投机取巧的所谓"机灵"
不会，他们也不会走"瞒天过海"的捷径

或许，大杨和老刘——他俩都属于"老三届"
老三届的学生 应该还有个别称叫作——忠诚！

三

"光明"是全省最早的尊师重教的民营企业
"光明"是全省最早把扶贫款送到山区的标兵
"光明"是全省金融界"三 A 级"信用单位得主
大杨在全省首批获得了"杰出青年企业家"荣称

希望工程的功德簿上有着"光明科技"的记载
见义勇为的丰碑上镌刻着"光明科技"的大名
以"光明杯"命名的社会公益活动至今还有人记得
三十年之后的他们 依然稳健地爬坡前行
就是最好的证明

不敢有忘的是来自各方的理解
鼓舞着创业者渡过难关 再上征程
心心相印的是取之不尽的人缘 品行
激励着光明人踏遍青山 不忘初心 再攀高峰

四

一个小店 几个丫头、后生
居然走过了三十年创业兴业的路程
旗帜不倒 队伍不散 客户称赞 名扬省城
有人摇头……不信！

几万块钱 靠家用电器起步经营

如今数码领先 分支遍布 享誉三晋

三十年核心不散 班子不换

牌子不倒 初心不变

有人怀疑……不真！

朋友啊——

我只能告诉你

这正是"光明"成功的秘诀：

扎实进取 波澜不惊

这个秘诀叫作

忠——诚！

五

如果说，"光明"于家乡这片贫瘠的土地上

打拼出一个属于自己的成功

这成功该属于谁？

如果说，创业者在祖国改革开放的春风里

用智慧和本领服务大众

是一种光荣

这光荣该属于谁？

刘总说，当然是创始人大杨

员工们说，头功自然是杨总

大杨说，是我和老刘黄金一般的合作

这光荣属于共同走过青春岁月的姐妹弟兄！

……

我们说——

这成功，归结于一种耐住寂寞的

坚持和使命

这光荣，归功于一种禁得起诱惑的品行
这种品格叫作忠诚！

【创作背景】

在省城一家酒店的会议室里，演播艺术家李然、吕梁的深情朗读，让1.9米身高、仪表堂堂的"光明科技"创始人杨俊峰，感慨万端、泪流满面，近百名员工也一同感动着世事的变迁和创业的艰难……

太行山的儿子
——印象马捷

　　青联好友的聚会，你乐此不彼——为友情而来的你，享受这里轻松自在的空气，习惯了聆听又很少张扬、发表主意；一双不知疲倦的眼睛闪闪发亮，回应时你却一言九鼎、执行力果然迅捷——像你的名字，于是想说一点儿印象马捷。

　　走出太行山的游子
　　跨过大西洋的儿郎
　　你牢记着先人的教诲
　　替天行道 志在报国 救死扶伤
　　你笃信——
　　少年强则中国强！

　　不似那华丽躯壳包裹着虚名的平庸之辈
　　捞足了名利 赚够了本钱 追赶时尚
　　也不止白衣白帽 文质彬彬 学者模样
　　无数次手术 血溅白衣 真刀真枪
　　熔铸了铁胆柔情 赤子衷肠

　　不是那种伪专家博士 拒人之千里 装模作样
　　冲锋陷阵才是你的本色天职 责任担当
　　可以不在意那些已然获得的光环
　　外科医生——才是你的本分

是你一生的坚持和荣光

有人说——
医院 乡村 学术讲堂
是你"行医问道"的主战场
是你青春生命的跋涉 游走和闯荡的地方
岁月更迭 初心不忘
——
纵是海外奋斗 也不忘衣食父母爹娘
朴素的布衣 夜半思乡的泪光
高端知识的瀚海里遨游
实验室陪伴的灯光
把前路照亮……

忠实友情 坚持原则 热爱生活
绝不"高高在上"
严谨又洒脱 脱俗又随俗
艰苦岁月 攒一点儿散碎的银两
在外游学的哥儿俩也讲一次排场
——
"老字号"一笼蒸饺解馋 念念不忘
告诉身边的好友 慰藉远方的爹娘
也为饥肠辘辘的学子加油助力
那久违的味道
才叫甜香！

2019 年 8 月 1 日

人生的路越走越宽
——微电影《我的路》主题歌

我是一只南来的小燕

为了爱情来到这黄土高原

天地间奋争

风雨里考验

练就了忠诚赤胆

熔铸了真心爱恋

相信啊 相信

人间正道有温暖

……

人生的路越走越宽

2018 年 8 月

【创作背景】

在创作微电影《我的路》剧本过程中,写到动情处一支歌儿呼之欲出,便信手拈来。创作人物原型:一位是右玉县的余晓兰(种树模范、党的数届全国代表大会代表);一位是李晓玉(民营区总工会主席、全国优秀工会主席)。这两位杰出女性的形象和事迹不时萦绕在心头。无独有偶,她们家乡都在南方,生活事业又都扎根山西……为她们的事迹感动,为他们的精神喝彩!该主题曲由张秦作曲,翟旭琴演唱。

蜀道难

　　侄女虎妞（小丰蕴）得知这部作品获全总金奖，在赴成都领奖之际，孩子发来小诗祝贺：

世人皆知蜀道难，
几人能晓创作艰。
一朝登顶家族贺，
数载孤灯枕稿眠。

和虎妞一首

小剧获奖众划船，
九曲山路敢登攀。
弘扬世间真善美，
方知吾辈心始然。

2018 年冬日

十月的爱

（朗诵者：李巍 刘静 宇翔 婧瑶）

序　诗

十月，有我的爱

千山红遍 万里花开

新中国七十岁华诞盛典 刚刚走过

又迎来了《中国梦·劳动美》影视大赛

……

记忆，没有走远

浓情，也还没"化"开

你又向着"红色太行"走来

"表里山河"之"龙城""龙脉"

邀你领略大自然的壮美 展现"微影视"的风采！

……

你用质朴的情怀

赋予"劳动者"新的姿态

你用精心的智慧和辽远的眼界

开辟了工人阶级走上展示才艺的舞台！

——

多想对你言说

多想对你表白——

我的心情，一如这深秋的红叶

一样深情 一样豪迈

《中国梦·劳动美》的呼唤 催人奋进
你一天也没有离开过
我炽热的胸怀
……

一、

一线的干部职工，拿起手中的笔创作剧本
书写 新中国走过七十年的成就 光彩
讴歌 共和国伟大复兴的未来
普通劳动者，扛起摄像机
描绘祖国腾飞崛起之
壮丽情怀
……
奋斗、成长、成才
是"大赛"参与者真切的体会和感慨
转换了角色的我们，成了这个故事的主题
持续燃烧着的激情，正孕育着——无疆的大爱

二

任何作品都"源于生活又高于生活"
聚焦他们吧——快来、快来
你身边的主人和故事
就是最好的素材！
……
我的好姐妹——

停一下手里的活计，让我

拍一张工作照 填补你过往的空白

我的好兄弟——

擦一把，脸上的汗水

让我记录下

劳动者在岗位上"撸起袖子"的豪迈！

——

用温暖 用忠诚 用心中的爱

诠释劳动和创造的光荣

来歌颂——

我们伟大的新时代！

……

三

不要说，劳动的艰辛 甚至于"无奈"

镁光灯，正闪烁出你走过的路

无比精彩 ——

功劳簿上，有劳模的画面、标兵的记载

不要问"时间都去哪儿了？"

纪录片，替你大声喊出来：

幸福，是奋斗出来的！

劳动的艰辛与光荣——

正写在你流淌着汗水的 青春的脸上

此刻的现场啊，也正洋溢着你成功的喜悦

奋斗的光彩

四

从来没有像今天这样 抒情开怀
昨日的"大国工匠"在屏幕上展露光彩
从来没有像今天这样
普通的工人群众 接过鲜花——
大步走上"影视家"曾经"独有"的艺术舞台!
……
曾几何时
劳动者以创造的勇气"占领"了影视的阵地
让"艺术"也别开生面、独出心裁
于是啊,于是——
土法上马,肩扛手提着摄影器材
摄制组开进了工地厂房
因地制宜,演职人员
直奔自己无比亲切的
操作台
……
这是最"接地气"的拍摄场面
这是咱工人艺术家的气概
……
于是,于是啊——
思想独到、技艺超群、表现真实的影片连连出彩
夜以继日、风起云涌、鏖战擂台
你以文化的自信 跋涉的姿态
当之无愧地将那金光闪闪的奖杯、奖牌
高高地举起来!

五

从来没有——没有过啊
这是劳动者"书写"劳动者故事的影视大赛
这是耕耘者"展示"耕耘者姿态的
"金鸡"鸣"百花"开!
……
历史会记住这个庄严的时刻:
记住这个来自亿万工人的真情表白
劳动最光荣 劳动最美丽 劳动最光彩!
让我们尽情地赞颂、纵情地欢唱吧——
举杯祝福 继往开来!
……
这是人民的创造——
是亲爱的党和工会组织殷切的关怀
《中国梦·劳动美》……
这是全国工人发自心底的 真情的呼唤呀
这是咱工人阶级文化生活 提升的又一个品牌!

尾　声

这是一个难忘的日子
耳畔响起的
是中华人民共和国前进的声音
眼前耀动着新中国走向伟大复兴的未来
这是一个值得记忆的季节
来自全国的姐妹兄弟欢聚在炎黄故里
倾吐心声　言说大爱——

因为有你的参与 滔滔汾水因你而动容
巍巍太行也为你祝福 为你喝彩
……
人生，可以持续燃烧的是劳动的热情
是奉献的大爱
岁月，能够记忆的是忠贞的友谊
和创造的光彩
——
请记住这个难忘的夜晚吧！
记住三晋人民的热情
记住你的汗水、你的收获、你的风采
记住了这一切
你就记住了我们伟大祖国的繁荣富强
人民，正走向伟大复兴的新时代！

2019 年 10 月
于龙城·太原

第四部 04
秋之歌

花儿之所以美丽绽放，是因为她经历过风雨的洗礼，从未放弃。花开是灿烂，花谢是从容——谁说风过无痕？我看见有花瓣在优雅地飘落……

——晓如

第一章

致青春

假如我是一只鸟
我也应该用嘶哑的喉咙歌唱
……
诗人艾青这不朽的诗章
依然回荡在祖国沸腾的大地上
在创业风暴的激流中
在热血沸腾的演兵场
在教室、在宿舍、在工厂
迎接风雨，也沐浴秋日暖阳 夜半灯光
攻城略地的欣然
悄然崛起的希望
都在收获的日子里闪烁出夺目的光亮
……
坚守与回望——
让不老的情怀
久驻心房

季节的守望与畅想
——写在山西综合职业技术学院三十年校庆的日子

一

这是一个收获的季节
当第一片树叶摇曳出金黄
祖国的喜讯就传遍了四面八方
神七的飞天 奥运的畅享
全人类再一次把目光聚焦在世界的东方

这是一个神奇的秋天
当第一缕金风吹过校园
校庆的日子就成了我们的期望
辛勤的汗滴 喜悦的脸庞
三十年的历程怎能不震颤创业者的心房

不需要涂脂抹粉地作秀
也不要牵强附会地张扬
如果说进入而立之年的我们
学会了什么本领 感动着什么荣光
那就是
跟着祖国的脚步与时俱进
合着改革开放的节拍一道成长

因为历史赋予了我们创业的使命
因为职业教育的责任与担当
因为家长的无助和期待
因为孩子们渴望的目光
也因为祖国需要我们
选择奉献和坚强

二

不能忘记——
杂草丛生的校园
破旧不堪的教室
工棚一样的宿舍 还有那简陋的食堂
更不要说教研仪器、实验厂房
……

不能忘记——
学子们朗朗的书声
教师们耕耘的身影
过去，有太行山那道深邃的峡谷忠实的记录
如今，有汾河边460亩美丽的校园展露姿容
肩负职业教育重任的队伍在这里集结
报效祖国的希望在这里点亮

我们没有忘记
三十年前那位世纪老人的预言和构想
我们没有忘记
改革开放叫崛起的中国呼啸启航
我们没有忘记

那个形容憔悴的祖国啊

没有忘记

那满目尴尬的学堂

……

建校初期那些情形

如今,还在创业者的心头燃烧

燃烧成一个激励后人奋勇前行的火红的畅想

三

三十年的时空交替

三十年的世事变迁

当立于潮头的我们回首的时候

才蓦然发现了一个奇迹

一个让所有"综职人"都倍感欣慰的事实:

三十年前的希冀已然变成了现实

不再是梦想

两校合一的变革

万众一心的拓荒

两区三院的格局

跨入高校的乐章

洗尽铅华我辈创

淬火历练上职场

校企融通、多元共建的办学方针

教我们打开了智慧的思路

工学交替、产学结合的教学模式

让我们插上了腾飞的翅膀
教学科研、服务大众、回馈社会的主旨
使学生从实践中懂得了一个道理
今天的莘莘学子
明日的国家栋梁

四

有人说，只有"名校"之沃土才生出珍草奇葩
可从这里走出校门的他们正施展着自己的丰姿才华
有人说，我们的学生大都曾"落地"豪门 无比尴尬
可从这里，走向社会的他们无不证明着自己作为的远大
……
从这里出发——
检验着他们的作为和担当
许许多多德才兼备的师弟和学长
正在用自己扎实的品行、坚实的臂膀
演绎着"行万里路胜读万卷书"的真实故事
有的就挥舞教鞭，径直登上了"名校"的大雅之堂
……
我不想用"现实而又滑稽"这样的词汇
来描述这种已然成为真实的现象
"不拘一格降人才"的古训
或能图解眼下的"荒唐"
以此来告诫朋友们
也包括我们自己
我们的路没有走错
——

像杨沫的《青春之歌》
像茅盾的《白杨礼赞》
像奥斯特洛夫斯基的"百炼成钢"
……
看着校园的变化，就看到了我们自己的创造和成长
蓦然间
我又想起了那篇旧日的报告文学《谁是最可爱的人》
以此来追问苍穹 追问大地
谁是这社会的主人？
谁能把祖国和人民的需要
作为己任来担当？！

五

时代在发展
经济在腾飞
中国在崛起
教育在变革
敢为人先 追求卓越的我们
必须站得更高 看得更远 走得更稳

"此日准备好身手，他年战场获锦归"
为了祖国母亲的培育和信任
为了更多学生期待成才的眼神
为了属于学校的未来
也为了未来的
我们自己

从今天开始

从这一刻开始

所有的荣誉、所有的成就都将成为过去

只有秋风伴我们勤奋耕耘的脚步

踏，遍地瑟瑟作响的金色落叶

迎，一轮秋高气爽之和暖秋阳

去拥抱下一个收获的季节

……

让我们忠诚地守望

像三十年前那样执着

让我们愉快地畅享

像今天一样热情奔放

2008 年 10 月 7 日凌晨

【创作背景】

早就听说了丁怀民，一所大学的校长。可人们还来不及了解校史、熟悉简况……他已然攻城拔寨、一路扩张，将几所院校"连"成一片，做得风生水起，让师生们看到了职业教育的希望。《亮剑》上映后人们更是乐道，丁怀民就是中国职业教育界的"李云龙"……

2008 年，他们的学院建院 30 年庆典，回眸创业的艰辛、格局的扩张、光荣的成长——都是无悔青春的写照，都是一场场"狭路相逢勇者胜"的较量……作为庆典活动艺术总监的王兆麟，看了主题诗稿后说不行，于是兆麟钦点了我，我又邀请了小菲、张宏……

当音乐和诵读声在操场上响起，当万余名师生和着眼泪的掌声传遍四方，有人说要把这诗歌镌刻在石碑上，有人说不如留在创业者心里作为念想。

青春校园
——山西经济管理干部学院校歌

一

闪耀着波光的汾水边
是我美丽的校园
挺拔出巍峨的龙山下
有我亲爱的战友同伴
为人师表 身先垂范
励学重行 卓越求变
让青春在伟大的践行中闪烁光环
啊——
真诚、严谨
善学、笃行
社会需要就是吾校志愿
我们忠心赤胆 我们志坚如磐
为着梦想——
向前 向前 向前

二

在机声隆隆的工厂里
有我精诚致学的实践
在描绘蓝图的桌面上

是我亲密的学友伙伴

不辱使命 卧薪尝胆

身体力行 不尚空谈

让祖国因我骄傲 父母为我欢颜

啊——

莘莘学子

任重道远

人民需要 就是战斗的动员

我们时刻准备着 奋勇争先

为着理想——

向前 向前 向前

啊——

足下是等待着开垦的土地

头顶是希望的天空 一片蔚蓝

发奋学习 努力实践

我们是祖国 新一代求知进取的青年

向前 向前 向前!

【创作背景】

　　无论作诗还是写歌,那个身板笔挺、脸膛黝黑的怀民兄弟仿佛就在我的身旁……

　　生命短暂,一个人一生做不了几件事情,可丁怀民却在中国职业教育的路上走得风驰电掣、神采飞扬。是责任也是良知,是眼界也是胸怀。我只能说在永葆青春的校园里,他对得住给予他信任的莘莘学子,无愧于"全国十大优秀校长"之称号,也永远热爱着脚下这片土地,头顶那片蓝天。

第二章

青春作证

　　山西有个群团组织叫"青联之友联谊会",其实就是部分超龄的老委员,舍不得离开青联这个"家"而继续弘扬青联精神、传承青联文化的"形散而神不散"的一群人。

　　他们凭借自身的影响、多才多艺又具有奉献精神之特质,广泛参与公益活动,也助力那些需要鼓劲的企业和需要帮助的人们。前任会长刘英魁把走进基层、下乡服务,取了个名称叫作"走进系列";资深媒体人李夏林委员把它归结为"小喇叭""小板凳""小棉袄"和"啦啦队",形象地说出了它的本质内涵。老领导崔晋宏以洪亮的嗓门说:"这才是青联文化的回归!"工学硕士企业家程腊生激动地说:"不甘心就这样离开青联,让正能量的文化失传";秘书长冯晓武数度用沙哑的喉咙,激情诠释宣讲;总召集人、有着学究气的哲人王碧红,也曾发声响亮:"这里只有奉献,不需要伪装和躲闪!"

走进青春警院

序 篇

警官职业学院
这是你的学校的名称
是你在人生旅途中新的驿站
这个名字之前 辅以了"青春"二字——
是你从"警校"升格为"警院"已然走过的二十九年
二十多个春秋 描绘出创业兴业的画卷
二十多个寒暑 抒写着教书育人的诗篇
……

一、无悔的选择

二十多岁火红的人生啊——
鲜血正沸腾着"报效祖国"的激情
花儿正盛开出"服务人民"的娇艳
当然 当然
豆蔻年华的你——
还可以让理想飞得更高
让梦想走得更远
……
可是 我们却
坚定地选择了警官职业学院
那天起 这个选择就成了我们青春无悔的誓言

……

我爱我 齐耳的短发 明快精干

我爱我 步履匆匆 穿过书声琅琅的校园

我爱我 勇者的歌唱 战士的姿态 干警的尊严

……

如果说，当初的选择有些尴尬和无奈

那么今天

"警官职业学院"

你是扶掖我成长的摇篮

我发自心底地

由衷爱恋

……

二、不变的爱恋

每当漫漫假期过去，回到我亲切的校园

这里的变化，总是叫每个人震撼

不只是教学环境日新月异

教学软件也在

逐年完善

……

传道授业的你们 又是一个假期没有休息

责任重大的你们 身体力行 谋求着学校的发展

为了教职员工的前景你们不辞劳苦

为了莘莘学子的成才和出路

你们常常思考到夜半

顶着深重的压力

负重前行、奔走呼号、四方周旋

……

我的可敬可爱的老师 学长呀——

我该拿什么

作为对你们回报的行动 致谢的感言？

忠诚务实、明德善学、弘毅笃行

学习担当、历练责任、体验奉献

还在路上爬坡的我们——

将沿着创业者的足迹

成为暴风雨中——

奋飞的海燕

……

三、青春的聚会

这是一个平常的春天

"青联之友"——

一群不再年轻的"青年"走进了警院

这是一所普通的校园

只有朝阳下 熠熠闪烁的警徽

才见证着它的特别 它的特点 它的不同一般

……

与你们座谈——

是想更多地了解你们的诉求 心愿

跟你们研讨——

今天的教学 怎样去对接公安工作的明天

与你们牵手——

心系着学生们的成长 共建实习基地 提供就业实践

跟你们联欢——

放飞激情和理想
让欢歌劲舞告诉大地山川：
我们共同的名字
叫青年！

四、你们的成长

见到你，就看到了我当年的模样
走近你们，才欣慰着公安事业后继有人的希望
爱你们汗水湿透的衣裳
爱你们列队整齐的歌唱
靶场上 硝烟过后 是你优异的成绩
静夜里 教室晚自习的灯光 正把你前程照亮
……
逆境是磨炼人的高等学府
你们把先哲苏格拉底、亚里士多德的名言
都放在了心上
我们欣然地看到——
你的成熟 你的睿智 你的坚强
不做大官 做大事
不唯书本 重战场
"用公安教育，托起明天的公安工作"
这不是一句空洞的话语——
他正成为"警院"创业兴学 前行的方向

五、未来的希望

相信吧——
苦难就是一笔难得的财富

当你以青春的头颅顶起千钧的压力

你就蓄积了人生路上报效祖国人民的正能量

记住吧——

春天里，我们曾在这寂静的、也是沸腾的校园共同见证：

一群有"梦"的人 正延续着我们曾经年轻的生命

不遗余力地追赶着

幸福与尊严的梦想

追赶着 冉冉升起的

"平安中国"的

希望！

第四部 秋之歌

走进"洪达"

二十一岁是有梦的季节
二十一岁是流光溢彩的人生
当"洪达人"也跨入二十一岁的时候
一个跨越发展的集团公司正迎来属于自己青春的火红
飞来的雪花——
是民富国强的声声祝愿
新春的喜悦——
也化作了祝福事业腾飞的拳拳赤子之心声

二十一年前有一个勤奋打拼的人
却不敢将自己小有成就的事业叫作"事业"
心中有梦 却只有把这美好的"理想"深深地藏在心中
这就是你的魂牵梦萦的"洪达"——
取其"长久之洪峰滚滚向前"的字形
露其"飞黄腾达而招招领先"之意境
……
"海子边"集市——
留下你多少沉重徘徊而又扎实进取的脚印
太平洋彼岸——
记忆着你几许失落又奋然前行的寻梦身影
"必高汽修"是你踏上"圆梦"之路的启程
"杰特曼""山姆士""热点酒店"
是你高擎着创业的旗帜

勇往直前的见证

青春"洪达"啊，今天的崛起

已然不是昨天的梦！

你以你智慧又倔强的头颅抵住了千钧压力

演绎着担当与责任——

让政府满意 让市民高兴

你以你博大的胸怀和宽广的包容

言说着大爱的人生——

让团队因你而骄傲

叫母亲为你而光荣

……

今天的"洪达"已经二十一岁了

深秋的暖阳 早春的和风 正催开你生命灿烂的花红

有幸的你——

不须再从头经历那些创业的磨砺 或者伤痛

年轻的你——

在这个叫作"事业"的面前

继续前行——

大步流星 昂首挺胸

就像当年的你

无私无畏地于沙场上冲锋

就像高擎着奥运火炬奔跑的那道风景

驱散头顶的乌云

也照亮了前路的暗夜 迎来黎明

就用你坚强而有力的臂膀拥抱这幸运的生活

就用你健壮而火热的胸膛接纳这五彩的人生

因为青春的"洪达"——

正以前所未有的责任与使命
创造和热情——
书写着属于你们共同的未来和美好的愿景！

2011 年 9 月

走进"同至人"

一

同至人——
解读你名字的禅意和向往
就像展开一部青春的画卷 让人生出
无尽联想
……
"至人无己"
是何等的壮观与高尚
一步一步的艰辛
一程一程的闯荡
通向"彼岸"的路却寂寞漫长

二

心中装着神圣寄托
眼前总是充满着希望
汗滴和泪水交融在一起
智慧和胆识驱赶着懦弱与彷徨
……
几经磨难、转行
你的"同至人"终于迎来曙光

二十五万平方米的购物中心

引领市场潮流的富百家广场
还有、还有……
你的助手滔滔不绝介绍着
你的企业的扩张和你本人的影响
可作为青联老友的我们
更为关心的是
你跋涉的艰辛、你快乐的成长
和你背后的
寄托与力量！

三

有人说
把他人的"苦痛"装在心里
建功总是为别人着想
有人说
把大众的"为难"之事 挑在肩上
你才欣慰——
心里会感到无尚的荣光
这话，说出了你的初心梦想
把事业做大做强 才能施与更多
"至人无己"才是你心中不渝的向往！

四

走近同至人
我们目睹了信仰的力量
这漫漫长路上晾露着你的智慧、坚强
还有你孜孜以求的状态

还有你低调务实的 不变的念想

祝贺你，建功

啦啦队为你鼓劲

小棉袄、小板凳就是你

友爱的依托 可靠的后方保障

五

爬坡上路的时候，你总是汗流浃背地担当

成功的喜悦传来，总是跟大伙儿分享

平日里显出务实与低调的同至人

沸腾了……

从来没有过像今天这样——

花团锦簇 旗的海洋

一部记载青联故事的图书《今生》在这里首发

青联之友的年会

让久违的人们欢聚一堂

你——建功 却是俏俏地站在一旁

心里的话也只有一句：

青联之友的情——

就像家一样！

我敬仰，像你这样的英雄
——致·崔晋宏

我敬仰，那些为家乡争光的人
不在"窝里"折腾 却于天地间驰骋
太行山养育 汾河边长成
你为家乡骄傲 你为生养你的土地而光荣
……

市场激烈的竞争 你是排头的兵
创办"华杰集团"才二十岁的年龄
成为中国最早一批 合资企业之典型
会场雄辩的论证 你是旗帜和引领
压力山大的关头 你是百折不挠的勇士
新时代的旗帜上 镌刻着你们这一代人的使命
……

改革开放四十年大讨论
恰是你青春生命艰辛的历程
你提出打造"晋商生态"的观点
让来自全国的专家学者 也为之震惊
你的成长 你的成熟 你的成功……
都在指点江山、开启民智的发言中得以见证
……

集慕群贤 强强联手 才智双赢
国际文化之交流大展雄风

重大场合上，亮相
于无声处，发声
——

让智力漂洋过海地探寻
叫友邦前来学习取经
让太行为你喝彩
汾水为之动容
……

之所以为你感动——
不在于你的头衔，你的威名
恰是你的低调 务实与果敢的作风
新时代的骄子 大晋阳之先锋
敬佩你，晋宏
青联之友，之所以情感如初
相处持久 稳定
正是因了有一批像你这样的
姐妹弟兄——
像你这样的英雄
……

鲜花和掌声中，你却低头不语甚至于脸红
媒体采访，你却暗淡了善辩的雄风
你说"不需要你记得我
只要你记住
'山西'的大名！"

第四部 秋之歌

第三章

希望组歌

"希望工程"——是中国青少年基金会开创的事业，在山西希望工程走过20年的时候，为这个事业出力流汗、奉献了青春的人们，回眸往事激情澎湃，难忘昨天的故事。于是，为之代言写下这篇《希望组歌》……

我的名字叫希望

一、我的名字叫希望

这是真情、这是爱心、这是希望
这是人类最真挚的情怀
这是世间最灿烂的阳光
我们面对着——
一个最暗淡、最弱势、最需要帮助的群体
我们面对着——
一个最纯粹、最坚强、最需要关爱的祖国未来的希望
回首往事
每当看到因为我们的努力
唤起万千同胞的热心参与——奉献爱的力量
我们就泪流满面，感恩正义和善良
放眼今朝
每当看到孩子们稚嫩的肩头
背起书包重返校园、书声琅琅
破布衫也换成新的衣裳……
我们心里就无比的欣慰和荣光
因为共青团的事业——
始终与服务社会的神圣使命连接在一起
因为我们青春的生命——
有了一个新的名字叫作希望！

二、希望之火

凤凰涅槃，浴火重生
美丽与哀愁的故事言说着古老的辩证
祖国的未来，正需要我们担当崇高的使命
燃烧的记忆，把历史的瞬间变作一个个辉煌的永恒
"托起明天的太阳"在晋阳大地传颂
捐赠的队伍不断壮大、数额直线上升
"1号希望工程志愿者"就是咱省委书记
火红的团旗下聚集着团的干部和社会各界的精英
你们是"希望工程"前沿的总指挥啊——
你们是播撒第一缕希望的人
在捐助失学孩子的队列中
男女老幼、人头攒动
你要问我他们的身份、姓名——
实在是记也记不住、数也数不清
其实，忘却的还有我们自己的年龄
青丝变作了白发，才发觉我们已不再年轻
蓦然回首——
是欣然与感动
叫我们的青春人生变得火红
因为，梦想——不再是梦
你看，爱心和慈善事业的浩荡大军就在这里启程
因为，共和国希望事业的呼啸崛起
由我们这一代人在汗水和泪光中荣誉见证

三、希望之光

不是这暗夜漫漫

而是人们总向往光明

不是我们要做的事情太多

而是习惯了"在路上"的风景

为艾滋病儿童遮挡风雨

——你用坚强的臂膀

给失意的群体舞动战旗

——是你智慧的长风

国际友人、海外赤子还有各界精英

……

明星之耀眼，是你走进了大众

友谊之伟大，是危难之时见出的真情

孩子们眼里容不得虚假

老百姓心里都有一杆秤

于没有风的海面上扬帆

从没有路的道路上起程

只要埋头做事的时候你就会发现

——路就在脚下

只有抬头远望的时候你才会看到

——前途的光明

四、希望之路

聆听着你的声音

感动着你的感动

开启希望的路上有你不屈的身影

从帮助孩子们上学到建立希望书库

从接纳灾区的孩子就读到保护母亲河行动

大病的孩子得到救助

贫困的学子圆了大学梦
引入激励 助学金升格为奖学金
全面发展 音体美进校园实现了跨越转型
受助的孩子们长大了——
要加入报效祖国、反哺社会的行列，需要鼓励引导
黑心的商贩们要赚钱——
打出了冒牌的"希望工程"
谁来打假维权、战斗冲锋
——我们、还是我们责无旁贷 身体力行
心里想着孩子、心头装着百姓
我们的队伍从不懈怠
到处都是蓬勃向上的身影
希望之光正映照出青春无悔的誓言
光辉事业正验证着正义人生的无限火红
这就是我们的路——希望之路
忠诚和热血伴我们前行

五、传递希望

传递希望——
是我们许久许久以来的梦想
千万次的热望却只能在心底珍藏
因为蹒跚的步履
还支撑不起撒风漏雨的斗篷
因为徘徊的心态
还没有形成无坚不摧的力量
今天，希望工程已然熔铸成
最具影响力和公信力的品牌

在公益扶贫、教育发展和青少年成长领域
确定了坚定不移的方向
传递希望——
在可以放飞希望的时候
我们心里却如此的不安甚或彷徨
那些成为新的"困惑"的现实
是我们无法回避的思考
那些期待的眼神和希望工程新的使命
又历史地落在我们肩上
还有走出了困境却不够进取的孩子
需要历练搏击风雨的翅膀
还有……
这些新的课题每每撞击着我们年轻的心房
我拿什么奉献给你？
我的孩子、我的希望！

传递希望——
千百次的拷问
我们还是选择了坚强
坚强不光是挺身而出、赴汤蹈火、剑拔弩张
它还是科学、理性、包容和优势传统的发扬
让大手拉起小手
在风雨中同舟共济
让我们同祖国一道
迎来新的挑战、新的机遇和新的曙光
传递希望……

六、在路上

从第一个五年饱含深情的《纸短情长说希望》
到第一个十年精神焕发、斗志昂扬续写《开启希望》
从走过十五年山西全团两千多名专职团干
投入了这项神圣的事业
到二十年的今天，我们还在跋涉的路上……
希望工程——
用热血忠诚 用智慧坚强
图解着什么叫可持续的发展
言说着什么是我们的队伍向太阳
无论我们走到哪里、走得再远
都不要忘记出发的当初是为了什么
都不能忘记我们的责任、使命、初衷和梦想
只要还有需要救助的孩子
我们前行的脚步就不会停止
只要还有需要帮助的人们
我们就将用心血和汗水熔铸希望事业的崭新篇章
因为，我们还在路上……
我们以青春的名义向他们致敬
——冉冉升起的希望之星

致同行者
——记忆"太原青创"走过的岁月

序　诗

时光似水

岁月如梭

编织着青春的美好记忆

也见证了跋涉路上的尴尬与蹉跎

……

"太原青创"——

一个关乎"青年就业创业"的名字

从开办初期,共青团组织振臂高呼的那一刻

就像春风细雨

走进了千家万户 走进了我们的心窝

……

一、昨天的故事

记忆好似一条长河

鼓动了我们年轻的心曲之波

二十载"青创"的路

你和我一起走过

这条路上浸透着奋斗的汗水

也洒满了欣然的笑语欢歌

还记得

启程的时候

一间小屋里只有两张课桌

面对你期待眼神的

是迷惘的我 热情的我 沸腾的我

……

如果前方是暗夜

我愿是熊熊燃烧的火炬

用星星之火照耀着你 将迷雾驱离

如果前路有风雨

我愿是一把伞 或者一袭雨披

用青春的手臂 在你的头顶高高地擎起

为你送去平安、快乐和一份有尊严的职业的慰藉

……

从来都不期待鲜花与掌声

可我们相信这条路上会有坎坷和荆棘

努力学习 学习努力——

此时准备好身手

他年战场获锦归 前进心不灰！

二、坚守和创新

坚持着——

守住了清贫寂寞

坚持着——

学会了 摸着石头过河

市场调研、累积信息、建立档案尽在把握

直到开启了上门入户 解决上岗就业的"青创号大篷车"

……

步履匆匆——
汾河两岸留下多少青创人深入调研的足迹
车轮滚滚——
城镇乡村印记着你们服务青年坚实的车辙
努力实践 奔波求索
都在你 挥汗如雨远去的背影里
都在你 洋溢着青春愉悦的脸颊上
成为定格
……

今天的青创人啊
我该为你的创新和创造 放声高歌
政府扶持 企业签约
青年欢喜 社会认可
这才是你们最大的诉求和欣喜
她凸显着美丽人生的
力量与品德
……

三、同行的你我

因为是同行者
我们表里如一 志同道合
你为了寻求一份报效家国的平台
我为了时代的使命
还有共青团服务青年光荣的职责
……
其实，我不能

也没有给予你什么
只是手拉着手蹚过了那条陌生的河
那时我们都还年轻
用一段生命中最宝贵的时光
书写了青春的意义
证明了我们是前行路上的 同行者!

无论你走得多远
都不要忘记当初我们出发是为了什么
那一个日子 那间小屋
还有面前的那条河
注定了会在你我的心中 永久铭刻
那是"青创梦"开始的地方
她记录着一段平凡又
火热的生活
也见证着
一个事业 向着职业化挺进的波澜壮阔
在这支蓬勃进取的青春的队列中
有我年轻的同事 和我们
可敬可爱的——
同行者!

【创作背景】

　　作者曾经在山西省青年就业创业指导中心任职主任,当时在山西省和太原市共青团这条战线担任要职的席小军、张瑞芳、赵广利、李中秋、邵建等同志,对我——这名"青创"事业的新兵,给予了热情关爱与真挚扶掖，这份爱、这份情怎能遗忘……

中秋同志去世后，早已成长起来的接班人邵建同志带领青创一班人，继续努力——使"青创事业"得到了内涵充实、领域拓展、客户剧增的发展。辞旧迎新的年会上，他们深情怀想、纵情展望，青创人集体诵读了这首诗歌。

第四部 秋之歌

同行者（续篇）

一

2017，当这个崭新的时间节点
向我们走来的时候
一切都是那样的平常 平常得像以往一样
一样的辞旧迎新 大家欢聚一堂
一样的规划安排 总结表彰
一样的将美好未来
翘首展望
……

不一样的是，我们的队列里
有一个人走了
年头岁尾 当大家都添了新岁的时候
他生命的长度却永远停顿在了
"六十一"岁上
……

二

他的名字叫 李中秋
可大家都习惯于 叫他"校长"
这样称呼 不只是因为他做过团校的校长
更是因为——

共青团旗下这个"服务青年"的崭新机构"太原青创"
就是他带领着我们 一道筹办 共同开创！
他——
就是这个事业的 开拓者和引路人啊！
是我们
敬爱的导师
和蔼的兄长

三

你走了，校长
其实，在过去的年会上
你也常常不在我们中间 我的身旁
你是知道
总会有我们"分手"的一天
无论是"谢幕"还是"退场"
于是 有意锻炼我们
独自行走、独立思想、自立自强
你纵然 纵然不在会场
你也会 关注着我们的成长
关注着 还在路上爬坡的"青创"
用你那 睿智的思想和温暖的目光
……
当我们迎难而上 步履铿锵
当我们在风雨中 练就了奋飞的翅膀
你就会 欣然地说　安慰地说
也是坚定地说：
你们瞧——

青年和全社会
正向你们投来敬意的微笑 满意的目光
这是你们的辛勤劳作
赢得了青年朋友的心啊
是他们 送给你 最好的
回馈与嘉奖！

四

我们相信了，校长
你走后，各界友人和各位师长
依然关心 关爱 关怀 关注着我们
一如既往 袒露衷肠
温暖的话语 让人感动
真挚的情怀 令人难忘……
最让我们 始料不及的是：
一个服务青年的团体 一个小小的"太原青创"
居然会有如此之多的反响
爆发出 如此之大的能量！
面对着种种关爱、厚望
我们没有理由 退却和彷徨……
因为——
这是一份沉甸甸的 社会责任
她伴着 我们青春的使命一道成长
因为——
这是一份无比珍重的岁月时光
她见证了我们服务的宗旨
指引着我们前行的方向……
你走了，校长

留给我们的不该是"空泛"的思念
更有着无穷无尽的……
创新的思想 拼搏的力量！

五

走在铺满鲜花的路上——
创业的辛酸与窘迫 一天也不能忘
迎着满意的微笑 鼓励的掌声 和那灿烂的阳光
却总是把 你的疾苦 你的诉求
你的忧虑……放在心上
服务青年 服务社会——
既然你举起了 鲜红的旗帜
竖起了品牌形象
就要勇敢地把"服务"的旗帜举得更高
将"青创"的品牌形象
擦得更亮
……
"政府购买公共服务"为我们提供了主攻的方向
党政机关 部队院校 政务窗口……
是我们报效家国 提升服务的战场
是我们 历练身手
奉献青春的地方
报效家国 初心不忘
有人要问："青创人"的"幸福感"在哪里？
"太原青创"的员工 一定会这样告诉你：
我们在这里懂得了
人生的意义
收获了快乐和荣光

六

中秋同志——
请允许我这样称呼你——我们可敬可爱的 兄长
在"事业之花"怒放的季节 总是想起你
想起我们共同走过的岁月时光
……
此时此刻,那个熟悉的声音犹在耳畔回响:
一个忠诚回报社会的组织,社会会感谢你们
一个扎实服务青年的群体,青年会把他记在心上……

(青创之歌)

青春形象
——青年创业者之歌

作曲：张秦　合唱：亚洲爱乐乐团

迎着风雨 沐浴阳光

我们是一支青春的力量

与时俱进 勇于担当

创新、创造是我们共同的理想

专业求精 历练成长——

青创 青创

用坚实的脚步 走出人生的希望

不畏艰险 迎难而上

我们是一支进取的力量

报效祖国 不负众望

助力转型发展 建设美丽家乡

岁月易逝 无愧韶光——

青创 青创

用时代光彩 铸就青春的形象

啊——

青创 青创

坚实的脚步 走出人生的希望

时代的光彩 铸就我们青春的形象！

第四章

爱在深秋

秋天的祝福与随想
像落叶一般飘至心上
几多温馨 又几许 悲凉
一如眼前这静默的时光景象
……
闲散的日子也游走闯荡
为生计 为友情 也为了那些
不曾泯灭的创作的冲动 执着的念想
……

——作者

深南之恋

如果说，深南大道是南国都会深圳的一条彩练，那么，凤凰卫视深圳总部就是穿缀在这彩练上的一颗明珠……

深南大道
不能忘怀的向往
凤凰情结与生活跌宕
是我"流亡"鹏城的地方
犹豫之秉性像一片树叶 随风飘荡
……
夜幕降临，那颗动荡的心才得以安放
窗外，其实更喜欢站在阳台上遐想
沐浴着大亚湾吹来的海风
脚下是鳞次栉比的屋顶
寂静安详之市民广场
川流不息的车辆　霓虹闪烁的灯光
我是哪一束光？我是哪一朵浪？
凤凰凤凰 我这无根的菜鸟
安能攀上你的高枝
与你并肩 栖息在你枝干茂密的梧桐
紧靠你五彩缤纷的翅膀
做你坚强的推手
曾是我稚嫩天真的向往
积蓄力量 熔铸忠诚 打造梦想

……

深南 深南

在这流光溢彩的世界

在这无比温柔的静夜

美梦成真——

成真的美好梦想

让我走进凤凰的殿堂

体味激情 节奏 战场的火光

纵然，纵然只是一段岁月之过往

中国，世界的月亮
——在"双合成"食品公司打工笔记

在收获的季节里
我们感恩——
不须热切的语言 华丽的文字
粉饰装腔
就以天然之绿色
就以圣洁之白色
抑或还有赤足的金
打造属于中国的恒久不变的
真挚与善良

在十五的月光下
我们祈福——
不须貌合神离的跪拜
也不要敷衍了事的祈求
为古老又崭新的神州大地
为家人的幸福安康
也为了亲情、友爱的地久天长……

我们感恩
用诚实劳动 用辛勤汗水

我们祈福
为中国——
这轮高高地挂在天边的
世界的月亮

第二课

——写给李毅姑娘

如果说
此前的经历算是第一课
叫作成长或被启蒙
……

面对你今天的成才、成功
还有你梨花带雨的动容
相信,那不是酒水的作用
或是为了记忆中的一份感动
叫你一如满月的脸庞燃烧着绯红
……

跋涉 失眠 奋争
焦虑 渴求 责任
三步跨越送走多少暗夜
脚步铿锵追赶又一个黎明
一个个动人的故事
说给身边的姐妹弟兄——
还在路上奋斗的学子、友朋
……

这是许多年后一个叫作"聚会"的场景
美酒佳肴悄然退场 不再能助兴
每个人的眼睛都晾露着

言说的欲望 抑或

倾听的热情

……

那就开始吧——

第二课

认准前程

拷问值与不值？

这是母亲对我曾经的教诲

今日与你们分享 聆听

休憩 取舍 前行

用蓄积的力量 如火的热情

发起人生路上再一次勇猛的冲锋

……

因为，作为战士的你离不开战场

因为骨子里生就了奉献秉性

去吧，我的夜莺

相信，你能！

女孩的歌唱

一

儿时的歌还在耳畔回响
你又长成少女的模样
歌声带了几许清纯
心灵好比灿烂的阳光
啊,天使般的女孩儿
夜莺一样的歌唱

二

祝福的话还在心头荡漾
你又奏起心爱的乐章
音乐也插上了翅膀
带着你自由翱翔
啊,天籁般的声音
萦绕在耳旁
……
啊,女孩的歌唱
叫人鼓舞欢畅
啊,女孩的歌唱
神采飞扬
……

> 2007年9月5日深夜
> 草就于青年路旧宅

【创作背景】

　　赴京办事顺便看望任志宏君，正巧他的女儿任帅放学归来，还未落座夫人张曼便命孩子为我唱支歌。当时已经是人大附中学生合唱团团长的、一脸稚气的帅帅，就背着双肩包站在客厅中央唱起了那支《祈祷》，转而又进琴房弹奏起《钢铁是怎样炼成的》主题曲……孩子真亲——还记得这是我喜欢的曲子，我听了却想落泪。

采育行

（七律）

又是相思促相逢，
己亥初一聚北京。
新朋旧友开怀日，
互道珍重叙心声。

久盼甘霖一场雪，
洋洋洒洒降城东。
故人在天亦有灵，
鞭策呵护总关情。

【创作背景】
　　己亥大年初一，一家人赴京。巧了，建生兄弟打来电话问候并问及是否在京？于是成行。采育者，城东一片静好庄园，又是按照自己的想象筑成的有湖水、有庭院、有吃有喝有住所的上好去处。以往岁月早已证明，多才多艺的建生有这个本领……

幸福花
——走进汾阳贾家庄

农田是农田,庄稼是庄稼,村里的人们也劳作,只是集体经济不分家。青联之友的姐妹兄弟来考察,满眼的陌生与亲切,好似从前就见过她……

贾家庄里无杏花,
风展红旗哗啦啦,
笑颜装在人心里,
集体经济顶呱呱。

老书记掌舵稳踏踏,
新班子铆劲用力划,
一个方向奔小康,
村里开出幸福花!

2018 年 12 月 12 日
写于汾阳贾家庄

第五章

写我心

夕阳情结

人的一生，从生到死是谁也无法逃脱和幸免的自然规律。我于1994年在散文集《无言的爱》之"后记"中，就提出了要"假定生命的界限"和"分配生命"的观点。从那之后就对时间和生命有了新的定义和警醒，在长篇纪实文学《今生》里更透彻地阐明了这一题旨。

中国进入老年社会以来，来自各方的专家学者抑或普通公民，都在谈说"健身与养老"这个话题，以至于众说纷纭、铺天盖地——公园里、体育场、马路上，到处是迎接新生命的欢天喜地、乐此不彼，只为生命的"接续"。即将走到生命尽头的老人们却每每显露郁闷之神情，以及无奈抑或"有奈"的坚强的身影……我自然也在其中。每每触碰到这些话题，触景伤情时，也会发一通感慨。

以下几首即兴的小诗，或能见出一斑。

夕阳情结

让高原的风拂去混沌的梦
我要清醒地面对你的真诚
让塞北的雪覆盖污浊的尘
我要这纵然是瞬间的恬静

人生壮丽
注定了风雨兼程
美景苦短
回味却永远温馨
让长夜消遁
晨曦划过
正阳也遭退
我只要专注地面对暮色
——
看那夕照点燃的云朵
看那残阳尽染的远天
那喷薄而出的灿烂
又胜似了春光无限

1998 年冬日 写于灵丘

五十九岁的人生

东风如旧 阳光正好
五十九岁的人生 享有着
还未到"花甲之年"的骄傲
能够信马由缰地疯跑 随心所欲地逍遥
……
虽说这时光会稍纵即逝
可它还在身边 在眼前环绕
纵然只有一年 只有一天 只有一会儿
可现实还会真切地宣告:
你的年纪终究未到六十
谁也留不住岁月
但至少这会儿
我还不老!

五十九岁的人生
谁也不能再说——年轻
青春无悔的誓言成了一个永恒符号
正悄然地爬上了额头和鬓角
看路边风景依然
炫丽妖娆
……
不再有"包打天下"的奢望与冲动
也就没有了"万念俱灰"的伤感和烦恼……

记住这一刻——
人的一生 只有一次五十九岁
留住这
难眠又难忘的今宵……

2013 年 12 月 31 日

六十感喟

如梦方醒万事休,
未曾施展已到头。
人生六十何其短,
岂容平庸度春秋。

历史真容人民写,
怎堪巧语文字修。
此生最恶讲假话,
真情未敢有保留。

2014 年元月

水 手

本是一介水手的命
风雨间搏击 激流中前行
听从指挥 忠于使命
性情外向又内敛 冲动也包容
……
在阳光照耀的甲板上 歌舞朗诵
于绿茵场上 厮杀冲锋
好学善用 也曾获取殊荣
藏不了尾巴 抑不住的冲动
叫我伤痕累累 也或败走麦城
……
写诗行文厚积薄发
满足于眼前风景
空有一腔激情
常能找到托词和借口：
概是因了不善粉饰 索利争名
说到底 还是功亏一篑 技不如人
从身后的队列中 也能找到些许慰藉
其实，顶风破浪
走在前头的才是英雄

平生最恶阿谀嘴脸 假象逢迎
肩负使命 就莫说世道不公

好在众多亲人友朋

呵护 力挺

伴我走过泥泞 笑对人生

——

向着彼岸

奋力前行

未到晓钟

我心不动

写于己亥之春

【创作背景】

1994 年我 40 岁时，曾为一部长篇散文《水手》写下这样的题记："不要标榜你乘上的这条小船已然成了大船或正驰向深海，是因了你也曾奋力地划桨；也不要抱怨机遇待你是怎样的不公，而愤愤不平。就坦然地面对人生，以你最初的姿态、最初的勇气去做你最初的事情——因为，你是'水手'的命。"

二十几年过去了，如今依然是这样的心态、肩负着这样的使命——生命不息，初心不变，奋斗不止。

母亲的微笑

序　篇

这是新时代对每个人的一次大考
考场上
看得到 长城的巍峨
黄山的松涛
听得见 长江的呼唤
黄河的咆哮
……

母亲是卷面上 严苛又宽容的问号
检验你的意志 到底是坚定
还是逍遥？
她，自然熟知你的品性
融进 生命的血脉
怎会记得不牢
只是担心年轻的你啊
是否 能走得更远
飞得更高
……

一

我是你贫瘠土地上的一棵小草
先天营养不足的我体弱多病

跟邻家孩子相比
个头儿 也长得不高
暴雨过后 我浑身湿透
狂风袭来 我第一个摔倒
……
你温暖的怀抱
是我生命的摇篮 城堡
甚至是命运多舛的我 全部的倚靠
你用干瘪的乳汁喂养
以疲惫的身心照料
上学 读书 奔跑
样样都要我
向着最好
最高
……

二

我是你的拖累 你的烦恼
是你青春生命的希冀
跋涉路上的煎熬
是你生命延续的火光啊
把前路照耀
……
我是你并不完整的诗行
缺少了韵脚
我是你盲目激进的狂潮
也曾地动 山摇

第四部 秋之歌

甚至 是你——
挥霍了宝贵韶光的 青春年少
……
有一天
彷徨的我
成长的我
反思的我
……
终于成了你的慰藉
你的感动 你的骄傲!

三

学着你的模样 记着你的教导
一心想成为从前的你——
真实的你
勇敢的你
光荣的你的 复制与写照:
天热了——
别忘记带上防晒的草帽
天凉了——
记得加一件衣裳
或者换上遮挡风寒的棉袄
要你住上坚固的新房
要你不再为我们的温饱 操劳
叫儿——叫儿,也做一回
做一回你坚强的依靠
……

战争来了——
我是你抗击入侵者的枪口火炮
让血染的战旗
在祖国的前沿阵地上
飘扬着强大与自豪
共赴国难——
我是你雷霆万钧的臂膀
是你急速前行的双脚
为你爱的人啊
抹去眼泪
让爱你的人不再忍受
病魔的袭扰
……
我是你 如影随形的身影
是你用苦难岁月
磨砺的好马快刀
无论是走出军营的绿色迷彩
还是告别亲人的白色战袍
都朝着一个方向集结——
铁流滚滚 战鹰呼啸
都向着一个目标……

四

不须言说
那些感天动地的事件
究竟有多少
也不再数念

多难兴邦的民族曾历经过

几番痛心 几多懊恼……

不需要你的赞美

也不惧你的嘲笑

可能 你还不懂得 中国——

国家染病，冲锋在前是儿女的本能——

因为心在焚烧

狭路相逢——这是战士的血性　立马横刀

或许 是为了偿还你们青春的夙愿

为了 人民安康——

祖国静好！

……

一个成熟的民族

不会为某个阶段的胜利而炫耀

一个强大的中国

正以稳健 扎实的步伐走来

扛住了疫情灾难

让民族复兴的大业

在九百六十万平方公里的山河大地上

激情燃烧

五

把祖国比作母亲

不知是谁，最先最早

但我知道——

这是世间 最为贴切

最为美妙的创造

这是呼之欲出的情感
从心里流淌到了笔尖
在全球每一个 华人的心头
千百次的鸣响 照耀
不知何时——
环绕在我们身边的浮夸和假象越来越少
让我们有底气
把真情和真理
紧紧拥抱
……
祖国啊——
我的母亲
母亲啊——
我亲爱的祖国
我是你广博土地上的一棵小草
你的眼泪是我永久的记忆
今天——
我却 无比欣然地看到
看到了
你在微笑

2020 年 3 月 6 日

精神家园（代后记）

本是按照作品背景顺序"冬春夏秋"这样排列的，谁想美编设计版式时，在"冬"的页眉处置放了一枝梅花，由此便有了"梅兰竹菊"四部曲，真是一桩美意了。

之后也该有个后记，可这样的"后记"篇幅未免长了些，读者朋友可以不去浏览。但我却割舍不下——人生走过六十年，来自好友抑或知音的鼓励和鞭策、批评与抬爱，构筑了我情感的驿站，精神的家园。

"我们的一生有辉煌的时候，你不必沾沾自喜、念念不忘；而那些苦难则是人生的必修课，是人生成长的阶梯，你不能认为那是人生的不幸。"面对这一篇篇用心、用力、用情制造的珍品，只要不是"假货"，不是装腔作势之粉饰，这些真实的辉煌和真实的苦难，对于作者至少都是一种寄托、一种借鉴。在这个较为现实的时代我们依然需要信仰，请守护好你的激情和理想。

如此说来，心里便坦然一些了。

篇幅所限，以下评说均为（节选），不再一一注明。

——作　者

孙　涛（一级作家、太原市作家协会主席）

　　在我们的这个世界上，有人不断地创造，由创造而流行；于是有人便不断地去模仿，由模仿流行而获得时尚。我不知道最早在报刊上登载名人的小档案出自哪位聪明编辑的匠心，但这种能令作者和读者双重喜爱的栏目却因流行太过而不甚新鲜了。不新鲜不怕，只要是货真价实的东西，样式旧些也是好的。怕的是假货，信其所真要吃亏，发现其是假的又要倒胃口。不能怨编辑，只能怨有的名人在编辑给他设置的这种栏目中，或信口雌黄，或扭捏作态，真正叫糟踏了这种栏目。

　　我的朋友丰蕴，这些年因了一篇篇出色的散文、诗歌问世，足够得上名人了，于是有刊物也登出了他展示心路历程的小档案，他却填写得十分老实，字里行间，找不出一丁点儿名人的派头。在"风格气质"栏中，丰蕴这样写道："气质本是唯唯诺诺那种，但生活又叫我学会不卑不亢，因是满族人，身上似还有点儿八旗子弟的遗风。"在"业余爱好"栏中，他又向读者坦诚交待："不爱的是天天干的，天天不干的是最爱的。须待那不爱干的干完了，才能干这——这便是写作。"

　　是真诚，也是无奈。

　　许多年后，丰蕴又写出了另一篇大散文《水手》。题记中这样写道："不要标榜你乘上的这条小船已然成了大船正驶向深海，是因了你也曾奋力地划桨；也不要抱怨机遇待你是怎样的不公，又执意欲讨回个公道——就恬然地面对人生，以你最初的姿态、最初的勇气去做你最初的事情——因为，你是水手的命。"丰蕴把自己比作水手，在这篇大散文中写出了自己告别童年后的人生经历，特别是下海后的种种酸甜苦辣。《水手》是《心中河》的姊妹篇，人生的经历，已经为丰蕴的文学梦增添了更多的内容和色彩，而那份热情和真诚，也在他的文学梦中变得更深沉了许多。在年近四十岁时，他要去做"最初的事情"，这最初的事情中，自然也含着不改初衷的文学志愿。

然而，此时的丰蕴，早已用自己那一篇篇作品，使文学梦变成了现实。

1994年9月10日

韩石山（作家、山西省作协副主席）

小平是有身世、有经历、有才情、有担当的人，也是一个出色的作家。丰蕴，该是他的笔名，那个与中国当代伟人同字的名儿该是他的本名。此外，我还知道他有个小名儿叫"团儿"，不是听他说过也不是听谁这么叫过，是看他的一篇文章才晓得的。

早时我并不知道他那么热爱文学，以为不过是个普通的文学爱好者。真正知道他对文学的衷情与执着，且文笔隽永，时有作品发表，是在我调回省城之后，而对他人品性情的了解，则是在一起筹备山西省青年作家协会的成立，并举办那场声势也还可观的全省青年散文征文大赛的过程中。实在说，文学于他，只是陶冶性情，抒发胸怀的一种方式，若论整体的才华，反是束缚。有着浑厚的嗓音，倘能得到正规的训练，可以成为一个满不错的歌手；办事干练而又决断，倘能假以强劲的援手，可以成为很有前程的行政人才；然而时乖运蹇，先前只能在一个建筑公司做着平凡的行政工作，之后也不过在一家商业公司做个部门经理。失去那么多的可能，甚至失去那还多少包含着理想的往昔，仅仅为了眼下经济上宽裕，做着那绝非自己心意的琐碎的工作。我想，他的心里不定怎样的郁愤不平——"路边有一潭积水，无纹也无波，不，我不要这样的生活，要么就汇入大海，要么就去无私地浇灌田禾；墙上有一副肖像，不哭也不乐，不，我不要这样的生活，要么就哭出眼泪，要么就笑出性格。"

在好几个不同的场合，我都听到他用他那浑厚的男中音，高声地朗诵着这首不知作者为谁的小诗，起初我只是被他的嗓音和气度折服，几次之后，我终于听出了那浑厚的嗓音里蕴含着的追求与激情。此后再看他的作品，不用精细地寻觅，不用宽泛地推衍，仅凭直觉，就能感受到那强烈的感情的冲击。这是一个不安的心灵在低徊，在倾诉，在寻找着真情的流淌与归宿。

引申开来当是，一个纯真的生命就是一部感人的大书，一份纯真的情感（生命的一个断面），任其自由地流淌，就是一篇文情并茂的好散文。

张红萍（作家、中国文化研究所研究员）

读他人的集子往往是挑几篇好看的读读而已，而读丰蕴的这本散文却是一气读完，且是泪眼婆娑，不知是因了他的深情，还是因了他的妙笔，篇篇让我泪眼涟涟，哽咽不已。

作者在描写自己身边的亲人时，大都是因了那化也化不开的爱，也是因为这些人身上那些美好的人性和勤劳的品质，假如没有后者也就没有打动别人的力量。描写母亲的那一组文章是丰蕴用情最多，也是最具美感的文字。《光明回想曲》《稿费》……母亲的美丽、慈祥和博大的爱，母亲的勤劳、辛酸和韧性，母亲对美好生活的执着追求和对儿女的无私奉献，都让丰蕴难以忘怀，以至成为一种情结，因为母亲的存在，使他感到生活的美好……

《情系岛国》中，作者写了自己与异国女子那份纯洁的友情，那是一段多么美妙的文字啊，如果不是具有真挚情感的人是绝写不出这样美妙文字的；而他的《水手》又是那样淋漓沉痛地描写了那搏击长空的雄鹰的浩气和痛苦，虽然写得剑拔弩张，但我会感到一种心灵的苦痛和承受。

好一个丰蕴，在他那高贵慵懒的神情包裹下莫非有沸腾炽热的情怀？他的诗文没有造作，没有矫情，既不拖沓，也不卖弄，意随情行，情尽文止，每篇散文既有韵致又有节制……是的，文如其人，他的散文正如他的人，是那暗灰色的苍穹，凝重、执着和深沉。

写于 1996 年 10 月 20 日

蒋韵（作家、山西省女作家协会主席）

　　蒋韵在"丰蕴散文作品研讨会"上动情地说："读丰蕴的散文真的好美。好像在冬天，窗外下着大雪，屋里有一炉旺火正徐徐烧开着一壶水。火炉边我们对坐着，听他讲述我们共同熟悉的城市、街巷、人群，还有那些关于人生、关于亲情、关于孩提时代和成长中的感同身受的往事……看着窗外飘落的雪花、烤着眼前的炉火是冬天里的一种暖。像童话世界里的氛围情景，无比亲切、无比惬意……"

张不代（诗人、山西省作协原副主席）

　　在温恭恬静中，蕴机锋与力度；从憨拙敦厚里，透轻灵与敏悟；以挚情实意处，显品操与真性。骨头缝里流动传统血脉，但又常常有一种现代的声呐形成脉冲；风姿绰约显出悠漫神态，但又常常有一种忧天之情的韵味溢出；目光视野投注平民意绪，但又常常有一种贵族意念潜布心灵视野。欲放又固守，潇洒又沉重，脱俗又随俗……

　　丰蕴，你面临的课题是，精神自由！

1994 年 12 月 16 日中午，急就。

杨培忠（资深媒体人）

　　这部书写了许多青联老委员，写了他们共同走过的、至今都难忘的青春岁月，小平是个勤奋而低调的人，他把身边的许多朋友作为榜样，其实，他才是我们大家学习的榜样，在他身上最可贵的品质就是正直和善良。

潘莹（《北京娱乐信报》记者）

在西单一家西餐厅里，我见到了长篇小说《闲人》（文化艺术出版社2004年版）的作者丰蕴先生，在这部书的"后记"中把自己形容为"满头华发一身肥肉"的丰小平，他没有自己说的那样胖，也没有那么老，刚满50岁。

对我来说，他是一位沉静宽厚的长者。我能够想象出他做报社总编时的风范，但无论如何想象不出他做商人时的样子。他语速很慢，声音低沉，目光坚毅而温和。但我注意到，他很少笑，拍照的时候更是皱起眉头。他一支接一支地抽烟，以至在我们采访完的时候，在两个烟灰缸里留下了12个烟头。

他说，一个没有激情和梦想的记者断然是没有座位的记者。他还说，新闻里的坏人比他在小说里写得更坏……看得出他还把新闻当成事业，虽然他至少现在的身份是闲人作家。他和我聊起他的这部小说的责任编辑董耘，她不仅为《闲人》成书倾注了大量心血，在姥姥的病床前还在逐字逐句地修改一位残疾人的作品……"总是有一些敬业的人为一些无奈的人帮忙，做一些好人该做的事。"

做好人该做的事，就是一种朴素的英雄主义。

赵瑜（作家、鲁迅文学奖等多种奖项得主）

赵瑜鼓励我说，依你的阅历才情和一贯认真的创作态度，已然是山西散文大家，又写过多部报告文学作品，担当此事虽然轻车熟路。但多次往返实地采访调查，翻阅大量资料包括审读出版，费用问题也绝不能含糊……我知道你一贯谦和低调，但合同要签，工期要明确，按 10 万字标准，稿费不能低于……因为我们这样的人是为正义和良知而战、为制造精品而战，以生命去创作作品的一类人，吃苦受累不怕，怕的是"节外生枝"的一些麻烦。

李炳银（全国报告文学理论研究会会长）

丰蕴的《绿洲的言说——中国塞外右玉生态建设报告》，是一部使人感动的报告文学作品。地处塞外的山西省右玉县，过去曾经是个大地凋敝，风沙肆虐，环境生态条件很恶劣，人们生活极其贫困的地区，是人们"走西口"的主要通道。可是，自新中国成立以来，右玉的 17 任县委书记和 16 任政府的带头人坚持不向困难低头，带领全县人民持之以恒地植树种草，就连"文化大革命"那样的灾难年月也未停歇。人们的坚韧精神和劳动付出终于有了结果，右玉人民有了自己的绿色家园。

如今右玉已经从生存抗争迈进到生态经济开发、渐入科学和绿色发展的佳境。"右玉生态现象"是个具有积极现实参照的对象，在人们渴望国家生态建设发展的今天，是个很值得重视的典型。作者对右玉在环境生态改变的历史追踪和现实的描绘过程中，激情饱满、感情起伏、感慨良多，叙述的语言也诗意生动，读来兴奋和亲切。

钱卫（《绿洲的言说》责任编辑）

一部好书是令人难以忘怀的，特别是关心关注民情民生、带领人民群众改造恶劣的自然环境、创造美好家园的共产党人公仆形象更是令人肃然起敬。由中国青年出版社编辑出版的长篇报告文学《绿洲的言说》（丰蕴著）就以其真实的力量和新颖的追忆与比较的写作手法，为人们展示了一个边关小县从新中国成立前后到今天，17 任县委和政府领导坚持不懈抓生态环保，不遗余力为民众造福的感人故事。我们从中看到的不只是逼真的艰苦卓绝的奋争场面，还有一个个普通群众和基层干部成为人们心中英雄的传奇过程！

立军（律师）

《绿洲的言说》忠实地记叙着右玉的风土人情，记录着他们的感人事迹，言说着今天依旧没有停息的奋斗壮歌。我感谢作者为我们提供了这样一种很"提气"的精神食粮，这部十多万字的书，提炼出的却是一种难能可贵的品质和精神——伟大的人民和伟大的创造之魂灵！

初读时，不知不觉中竟然一口气读完了，当时真的读意犹浓。合上书之后，书中描述和展现的那些人、那些事、那些感人的场面，甚至风沙与泥土的气息活生生就在你的眼前、耳际回响，让人难以平静。从艺术上讲，整部作品像散文、像诗歌，让人们在较为轻松与流畅的意境中，去感悟那些沉重的东西。

我看过很多文学作品，特别是报告文学，没想到作者以自己的才情、勇气和担当，能够成为中国西部那个边远小城的代言人，为发生而且仍在继续着的再造绿色生态之"人间天堂"这一奇迹忠诚记录、真情言说、激情呐喊！

杨宗（中国作协老前辈、社会教育家）

一直令我们思念牵挂钦佩骄傲的刊授大学学员、团干中的帅哥丰小平（丰蕴），2011年出版的新著《今生》，是他用生命的笔、奋斗的事、抒写出的一曲赞美亲情友爱的青春之歌。读后让人回味无穷，爱不释手。

我们期盼着——胸中蕴有丰富精神宝藏的山西著名作家丰小平，日后能一本又一本地写出能冲出娘子关、走向全中国的好书来！

杨建忠（山西省青联秘书长）

我认识丰老师 13 年了，我来团省委的时候，丰老师在山西青少年报刊社当社长。一路走来，我们又有着共青团情结、团省委机关和青联委员的情结。

丰小平老师是山西省青联第四、五、六、七届老委员、老常委，是一位伴随青联组织走过 30 载青春岁月，与青联组织有着特殊情感的老朋友。他在自己生命回归的珍重的日子里完成的新作《今生》，对于这部大作团省委领导非常重视，团省委副书记任忠莅临首发式，他说"前人栽树，后人乘凉。写在当下，意在长远……"青联主席安华说，这是 2012 年山西共青团和青联组织的一件喜事，一大幸事。他做成了一件大家想做而没有做成的事情……在这里，我首先代表省青联九届老委员和第十届 913 名青联委员，对老委员小平同志长篇纪实文学《今生》的出版发行表示感谢与祝贺。

潞潞（诗人、人民文学优秀诗歌奖获得者）

小平，再不要怀疑自己的诗歌。你是一个怀有诗意的人，你的谈吐、你的气质里透着诗人的风采情怀。我看过你的作品，也多次听过你的讲述，纵然那段在北京城南"喝炒肝"的讲述，写成文字就是不错的散文诗歌。许多细节、许多情绪都是诗人在创作过程中不可少的东西。你的《春天的雪花》、你的《跋涉者之歌》和许多在直播、录播节目中被人朗诵的诗歌作品，无不张扬着诗的灵魂和诗的气质与旋律……虽然说，过去的岁月你很少走进诗人队伍，但对于一个真正爱好诗歌，在生活里真诚地寻找诗歌、创作了那么多好的诗歌作品的人，你的作品一定是充满着诗歌精神的。

容和平（经济学家）

读丰兄的文章让我们数度动情，那篇《孩子，我为你送行》我和夫人是泪流满面读完的。当拜读另一篇《青联一簇下河东》时，又大笑不止——他把我们这帮人都写出来了，活灵活现、惬意无比……丰兄是一个性情中人，他把友情洒满了三晋大地。

张绍义（音乐人）

小平是老朋友，我在电台工作的时候，我们在一起搞过许多社会公益活动。他经历了那么多的不公与坎坷，可心里却一直怀着对生活的感谢与感恩。这是我们身处顺境的人都很难做到的。他的新作不仅是用笔，更是用心、用顽强的毅力和超人的胆识完成的，这一点我得向老朋友学习，发自内心地向他致敬！

此外，还有任志宏《迟到的批评——我看丰蕴小说》；董耀章《感悟真谛》；牛宝林《好一个"快"字》；朱晋平《今生的意义》；张红萍《一半是海水、一半是火焰》；连玉明《人格的魅力》……诗人群体的评论也叫我感动。赵少琳《诗与画的感慨》；徐建宏《真情，与人格同行》；宋耀珍《在拒绝抒情的时代抒情》；金汝平《"自我"的历程》；李同生《榜样的力量》；柴勇《值得一读的好书》……篇幅所限，恕不一一于此留痕了，所有情意都在作者心里！

我的亲人，我的姐姐和弟妹是本集成书的关注者和积极的推动者，在此也一并致谢了。

> 写在诗歌陨落的那些日子
> 写给需要诗歌的人们
> 还有钟情于她的
> 我的知音友朋
> 来自他们滚烫的话语
> 此时就在耳边——

不只厚爱与真情
我怎么听到了
阵阵催促的号角
伴我前行

        2019 年立秋